KB173202

하루도
쉬운 날이 없어

100
안녕하세요!
접수번호
100

N년차 모 자치구 공무원의 오늘도 평화로운 민원창구

하루도 쉬운 날이 없어

소시민J 지음

로그인

인물 소개

옆자리 동료
H주임
소시민J
N년차 서울시
모 자치구공무원
Sosim-in
Sosim+人
소시민 小市民 : 노동자와 자본가의 중간에 속하는 소상공인, 봉급생활자, 하급공무원(!) 따위를 통틀어 이르는 말
내 안의
감사 담당관

이 책을 읽어주시는 분들께

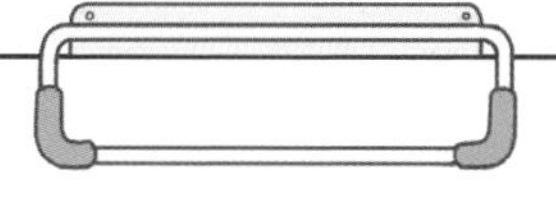

소시민J

수신자 읽어주시는 분들
제 목 **주의사항 안내**

1. 독자님들의 무궁한 발전을 기원합니다❤
2. **<하루도 쉬운 날이 없어>**와 관련하여 다음과 같이 읽으실 때 주의사항을 알려드리니 즐거운 감상이 될 수 있도록 적극 협조하여 주시기 바랍니다.

❏ 주의!

가. '공무원은 이렇구나'가 아니라 '이런 공무원도 있구나' 생각해주세요. 모든 내용은 개인적인 의견입니다.
나. 몇 년 동안 틈틈이 그린 만화를 모았기 때문에 책을 읽으시는 현재 시점과는 맞지 않은 내용이 있을 수 있습니다(제도 등).
다. 주민센터 민원창구 - 구청 사업부서 - 구청 민원창구 근무 시 그린 내용들이니 참고해주세요.
라. 만화적 표현을 위한 비속어나 비표준어 등이 포함되어 있습니다.
마. 100% 개인적 경험을 토대로 하지만 특정 인물, 특정 기관, 특정 단체와 관련은 없(고 싶)습니다.

붙임 1부. 끝.

소시민J

주무관 소시민J

차 례

등장인물 04

이 책을 읽어주시는 분들께 05

1부

이건 빙산의 일각

착각, 그것은 나의 착각 12

비가 오는 밤이면 14

첫눈 before & after 16

통장님과 나 18

공무원이 된 후 달라진 점 20

옷차림 변화 24

이런 말 왠지 무서워! 28

이런 전화가 올 줄이야! 32

인사가 기본 42

이런 일도 한다네 48

선거, 내가 하는 거였구나 53

2부

민원에 울고 민원에 웃는다

본인 확인은 중요해 74
인감 대리 발급은 어려워 80
아이들은 번호표를 좋아해 85
외국인 민원인 88
찾았다 신분증 90
귀여운 민원인 92
배가 고픈 좋은 분 96
송내동입니다만 98
어르신의 거스름돈 100
엄연히 다르다고 102
어디가 비슷한 걸까? 104
일 대충 하지 마 106
그럼 내가 사람이지 108
대출 받으라고요? 109
매울 신씨 110
육백억입니다 112
무림고수 113
그리고 수수료는 돌아오지 않았다 116
출생의 비밀? 119
동거인 122
지문 확인하겠습니다 125
사무실 물건 best 3 128
신분증, 부르다가 내가 죽을 이름이여 131
비 오는 날의 민원실 135
민원창구는 타이밍 138
사면초가 142
내가 이 구역의 띵동 요정 144
사람들은 다양해 148
정신건강 보조식품 153
회식의 기술 157
민원창구 공무원이 얻기 쉬운 직업병 158
미어캣 모드 163

3부

소시민J는 열일 중

민원 창구 징크스 168

이것이 통합 민원대다 170

연휴 다음날 171

민원대 상황은 예측 불허 173

오늘의 운세 175

직쏘보다 무서운 것 176

무민 센터 178

좋아하는 숫자 181

신록의 계절 182

11월의 민원 창구는 183

난 거짓말쟁이야 185

소시민 J는 자유예요 188

연차 다음날 192

칼퇴에 대하여 193

드라마 퀸 207

공감이 되지 않아요 212

건의사항 217

일하면서 기뻤던 순간 220

인생 포렙 227

4부

소심한 일상 속 이런저런 생각들

산은 언제나 232
실망시키고 싶지 않아 235
낯이 익은데 누구시더라 238
5천 원의 행복 241
소비 생활을 반성하게 되는 순간들 243
다이어트 부작용 247
시간이 빨리 간다고 느낄 때 250
여름밤의 운동장 254
월급 셰이크 비밀 레시피 258
소심도 테스트 263
나이 들었다고 느낄 때 269
일요일 밤이면 274
직장인 헨젤과 그레텔 모드 276

5부

공시생 소시민J

합격의 1등 공신 282
순공 시간보다 중요한 것 285
공부 끝 현생 시작 290
신규 시절의 문화 충격! 공시생일 때 이걸 알았더라면 295
공시 후유증 300
의원면직을 꿈꾸며 304
이런 이유로 그리고 있습니다 308

부록 지방직 적성 테스트 316
에필로그 우리 인생 파이팅 324

1부

이건
빙산의 일각

공무원이 하는 일 =
동사무소에서 등본 떼주기
… 정도겠지 …?
뭐 그게 다는 아니겠지만…
크게 어렵기야 하겠어?
그만한 직업도 없다고들 하는데
어련히 좋겠지 …
(일단 붙기나 하고 …)
공무원이 되기 전
막연히 생각했었다.
뭐 먹고 살지 고민 중

한두 번 가봤던 느낌으로는 사람도 별로 없고
조용하고 평화로워 보였는데…
통합민원 창구
사회복지
한가해 보여….

그렇게 생각했던
과거의 나를 반성합니다.
넵! 정성을
다하겠습니…
띵동
띵동
그때 본건
뭐였을까…
한가해 보인다는
말 들으면 눈물이
난다…
RRR
윙~
투다다다다다닥
신청서
현실과 이상은
상당한 차이가 있었고

동사무소 통합 민원 업무는
수많은 업무 중 하나일 뿐
……
어머
어딘가의
빙산
또다른
빙산
FESTIVAL
확장
보이는 것이
전부는 아니었던 것이다.

비가 오는 밤이면

비가 오는 밤이면

떠오르는 이름

시간이 지나도 아직
혹시나 그의 연락일까?

가슴이 내려앉고
손이 떨립니다.

첫눈이 오면

공무원 하기 전:
너무 설렌다.
모처럼
눈다운 눈이네
운치 있다…
눈 내리는 주말
집에서 뜨거운
커피 한 잔…
최고야.
감성
충만

공무원인 지금:
너무 떨린다.
헐~눈 왜 이렇게
많이 옴 ㅎㄷㄷ
제설 대기
걸릴까?
이 정도면 걸리겠지?
제발 2단계는
걸리지 말아라.
정서
불안
안절

내가 아직
J주임이 되기 전
띵 동 ~
계세요~?
똑똑
공무원 시험
준비하기 전의
소싯적 소시민J
새로 이사오셨죠?
저 통장인데요~
여기 전입신고
확인서 서명좀
서명이요?
아 네…
통장?
전입 확인?
나… 나랑
상관 있는 건가?
처음
들어봄
통장은
다만
낯선 동네 주민에
지나지 않았다.

내가 J주임이 되고
동 주민센터에
발령받아
OO동 주민센터
통합 민원 창구
전입신고
하려는데
이거
쓰면
되나요?
네~ 신고서
작성하시고
신분증 주시고요.
세대주로
오시는
건가요?

동장님
그만 가볼게요~
동장실
예예
들어가세요
내일 뵙죠.
전입 담당이
되었을 때
수고하세요
네, 안녕히
가세요…
쫑긋
전입
신고서
그는
나에게로 와서

앗! 35통장니임~
전입신고
사후확인서
내일까지 좀
부탁드려용❤
아휴~
알았어~
안 그래도
내일
주려고 했어
헤헤
널
통장회의
꽃아~
자본주의
지방자치의
미소
35통장님~❤이
되었다.
※ 통합민원이라도 담당별 고유 업무가 있고
전입 담당의 업무에는 통장님의 협조가
중요할 때가 많아요.

공무원이 된 후,
뉴스를 보면
(뭔가 복잡한 이해관계가 얽힌 사상 초유의 현상이나 사건 보도)
대책이 시급합니다!
TV
아이고 저걸 어째.
담당자 패닉 올 듯
어떻게 수습할지 감도 안 잡힌다…
담당자 이입

지역 축제를 가면
담당자님… 당신은 산천어가 싫어지지 않으셨나요?!
OO지역 산천어 축제
느껴진다 담당자의 피땀눈물…
따흑
전 축제 담당도 아닌데 OO꽃이 더 이상 예뻐 보이지 않습니다…

※ 세외수입 : 여기서는 민원서류 발급 수수료를 뜻함.
예) A주임 : 오늘 세외수입 나혼자 15만원 찍었지 모야.
B주임 : 와, 헬이었네요~.

뭔가를 신고하거나
접수하러 갈 때

필요하신 것
말씀만 하세요

정자서명
신분증
필요 서류
뭐 드릴까요?
도장
쪼꼬바
신청서
CHOCO
수수료
(완벽 대령)
착착착
千手觀音
어머나…
뭐 하시는
분이람?

한산한 버스에서
근로자의 날임을 깨달을 때
※공무원은 근로자가 아니라
근로자의 날 쉬지 않음
와~자리 많다
헤헤
오늘 엄청
바쁘겠지…
텅 텅
※ 근로자의 날 민원청구가
평소보다 붐비는 경향이 있다
(밀린 일처리를 하러 오시는 듯)

등등… 이럴 때
공무원이 되고 나서
달라진 자신을
느끼곤 합니다….
보는 시각이
바뀌었달까?
특히 뉴스 보면
마음이 무겁…
민원 보는 나도 이런데
당사자들은 부담감
엄청나실 듯
물어보신 분
계십니까?

옷 정리를 하다 보면 그 옷을
입던 때를 떠올리게 된다.
추억의 면접용
검정색 정장
어머나!
추억은
뭉게
뭉게
(먼지)
전생에 입은듯한
꼭끼는 청바지

그래서 그려보는 !
복장(?) 변천사
공시생 시절
대충 묶은
포니테일 혹은
똥머리
따로 외출할일도
없으므로 좋아하는
티셔츠라도 마구
입어준다.
메모장 - 잘 안 외워지는
내용은 전부 적어놓고
항상 들고 다님
캔커피
병커피
자판기커피
등등 커피 달고 다님
오래 앉아 있으므로
무조건 편한 하의
주로 츄리닝이나
면스판 배기바지
신고 벗기 편한
슬립온이나 슬리퍼

(※ 서울시 영어면접은 2016년에 폐지됨) 옛날사람...

근무복이 지급됨
근무복의 신비
근무복이 나옴. 처음엔 상하의 +가디건, 재킷 등 풀세트로 입다가 앉으면 상체만 보인다는 걸 깨달음
1) 점점 작아진다
2) 사라진다
3) 더 이상 근무복을 입을 수 없는 몸이 됐을 때쯤 새 디자인으로 지급됨
흡
하 하 하
무엇을 도와드릴까요
왜 안 입는 거야.
초심 初心 잃었냐?
초심이 아니라 초신 身을 잃어서 … 살크업…

최 근
어차피 일하다 보면 산발이 되므로 머리는 대충 묶는다
너무 막 캐주얼하지 않은 티셔츠, 블라우스, 셔츠에 적당히 편한 밴딩 바지
업무편람과 사례집이 가까이에 없으면 왠지 불안
구청 앞 카페 아 탕비실 등 커피 달고 산다
과…과장님
신발 벗는 식당에 갈 일이 은근 자주 있어서 신고 벗기 편한 로퍼나 슬립온을 주로 신는다
이런 신발이면 낭패
츄리닝 슬리퍼만 아니면 공시생 때랑 크게 다르지가
청사 내 상시패용

※ 개인
및 부서별
분위기 차이
심함
멋있고
이쁘고
안녕
하세요
안녕
하세요~
부지런하고
무한 리스펙…
늘 잘 차려 입은
오피스룩
척
척 척 척
어쩐지 늘
팀끼리 같이
움직인다
최소
세미정장
청장님과
비서실이닷
(지나가면
나가야지)
앗!
총무과
인사팀의
등장이군
칼정장

TMI
염색은 이 정도까진
흔하게 보지만
복장은 꽤
자유로운 편이지만
이런 복장은
아마 안 될 듯…
안녕하세요~
과장님
무슨
일있나?…
이것도 아마
안 될 듯하다
등본 1통
400원
입니다
이정도는 본 적이 없…
혹시 해보신분 제보 바랍니다.

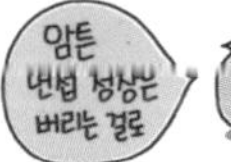
암튼
버리는 걸로

종량제
고마웠당

이런 말 왠지 무서워!

네네, 그렇게 준비해 와시면 바로 처리해드리겠습니다.
내가 생각해도 정확하고 적절한 안내였어~ㅎㅎ
네, 알겠어요 그런데…

…성함이 어떻게 되시죠…?
앗, 네? 네… OOOO과 JJJJ…라고합…
어버버
신나게 안내한 후라도 왠지 떨린다.
급쭈굴

OO 업무 담당자세요…?
네, 저접니 다만 어떤 일로~~~
염소 빙의
슥
뭔가 두려운 묵직한 서류가방
두근
두근

J 주임
잠깐 들어와보세요…
네…넵
과장님.
헉
From
과장님 자리
내선전화
딱히 잘못한 거
없는데?!
결재도 다 났고.
(그래도
일단 떨림)
J 주임~♥
주말에 혹시
어디 가~?
예정은 없지만
급 가고 싶네요…
세상
다정
움찔
주말
행사계획
행사 지원
차출 가능 인원
조사 중인 서무
주임님
긴급한
자료 제출 건이라
퇴근 전까지 부탁
드립니다
야근해서
제출하면
낼 수신 확인도
안 할 거잖나…
다 알아

네, 저녁 6시로
예약을 좀 …
가보고 싶었던
식당 …
토요일인 오늘
저녁부터 갑작스런
폭우가 예상됩니다 …

…하려고 했는데
다음에 할게요 …
죄송합니다.
갑자기
갈 곳이 생길 듯한
예감이 …
수방대기
이번에
걸릴 차례
강풍을 동반한 이번
폭우는 일요일까지
이어질 것으로 보여
비 피해가 없도록
각별한 주의가 필요 …

주말이나
퇴근후의
사무실 or 당직실
발신번호
받기 전까지
오만생각
꿈이었으면
웅웅
웅
나와서
서류 발급해달라는
건 아니면 좋겠…
경험 있음

더울 때
이런 걸 떠올리면
등골이 서늘한 게
피서가
따로 없…
…시원하게
수명 단축?
후 후
후…
아~ 추울 땐
땀내기 가능

동사무소는 대개 민원창구-속칭 앞다이와 비민원창구-속칭 뒷다이로 나뉘는데, 민원창구는 방문 민원으로 정신이 없게 마련이므로 창구관련 내용이 아니면 어지간해서는 전화는 뒤에서 받아주는 편이다.

민원 대기가 밀려 있는데 전화는 계속 오고,
받아줄 사람은 없으면 그야말로 실시간으로
수명이 줄어드는 듯한 기분이다.
대기 인원 수
10
10
여긴 사람없어?
흐아아
너무 오래 걸리네
연가
화장실 감
뒷자리 자리비움

그냥 안 받으면 안 되나요?
바쁜데! 어떡해 다시 걸었을 때 받으면 되지.
독자님
그랬을 경우
밀린 방문 민원을
무사히 전부 처리하고
못 받은 전화는 잊은 채
한시름 놓을 때쯤
〈구청장에게 바란다〉에
글이 올라오는데…
푸 읍
구청장에게 바란다
제목 : ○○동 주민센터 일 안 합니까?!!
20년 토박이 구민입니다
오후 2시쯤 주민센터
전화했는데 몇 번을 해도 안
명백한 태업 아닌가요?!
!?
민원 발생

사실관계 확인
제가 못 받은 전화 같습니다…
굽신 굽신
감사 담당관 전화
제가…
팀장님 보고
잘좀하지
힝
제가TT
동장님 보고
음.
송
온 사방팔방에 이실직고

직원 회의 주요 안건이 나
※세무주임님: 모든 걸 일단 찍어둠
찰칵
찰칵
쿠쿵
가시방석
에… 그리고 최근에 전화 응답 건으로 민원이 발생했죠…

도마 위에 오른다는 게
무엇인지 실감 가능
민원 밀려 있어도
전화 못 받는 일은
없도록 하세요.
민원대는
한 사람만 남기고
이석하는 일 되도록
없도록 하고.
호달달
나에게
직접 뭐라고
하는 건 아닌데도
자책하게 됨

자신감하락의 늪

그럼… 방문 민원인께 양해를 구하고 전화를 받으면 안 되나…
독자님
사실 그럴게밖에 할 수 없지만 자칫하면…
처리 중에 죄송합니다. 전화 한 통만 받고 처리해 드리겠습니다.
너무 계속 울려서 안 되겠다…
또 구박 맞은 안 돼!
RRRRRRR
신 서

안녕하세요. ○○동 주민센터 입니다.
거긴 왜 그렇게 전화를 안 받아요? 미성년자 인감 대리변경 문의 하려는데요?
아… 오래 걸리겠는데….
※ 1년에 1,2건 올까 말까 한 드문 케이스 + 까딱 잘못 안내했다간 큰일날 민감한 내용 + 내용 많음
아예…
고객님 실은 제가 방문 민원 처리 중에 전화를 받아서…
죄송하지만 5~10분 후에 전화드려서 자세히 안내해 드려도 될까요?
아니요. 안 돼요. 저도 급해요.
……
네?
?!

※ 두분 다 흔쾌히 양해해
주시는 경우도 많다.

감사
합니다❤

인감등록이
안 되어있다거나
(사전에 등록되어
있어야발급 가능)

위임인이
장기간 해외
체류 중이라거나
(구비서류가 달라짐)

위임인이 오래 전
대리발급 금지를
신청해 놓았다거나
(해제 전에는
발급할 수 없음)

등등 '막상 방문 시 확인해 보면
상황이 다른' 경우도 많아

엄습하는
폭망의
예감

히익?

응, 금방 갈게~

전화로 문의
하고 왔으니
처리불가일
가능성 전혀
고려 않고
계신 상태

전화 민원은 뭔가 좀더
예측 불허의 안갯속 같은 느낌

주민번호랑 팩스번호
부를 테니까 등본 한 통
떼서 보내줘요.
네? 팩스로
보내드릴 수는 없습니다.
왜 안 돼?
왜…왜라니
전화상으론 본인 여부를
알 수 없고요….
아, 괜찮아요.
내가 괜찮다는데.
아니…
그러니까
본인이신지
알 수가 없….
(ㅅㅂ) 영상 통화해요,
그럼, 핸드폰 불러봐.
그렇게는 업무를
처리하지 않습….
아니
그럼
어쩌라고??
버럭!
잘못
들었나?
ㅅㅂ 이라뇨
저는
어째야
할까요….
공무원이 꼭 그렇게
정해진 대로만
업무해야 됩니까?!
민원인이 피치 못할
사정이 있으면
원칙에서 벗어나더라도
일단 도와줄 생각을
하는 게 적극행정 아니냐고.
내가 다른 데
전화했는데
거기선 해주면
각오해.
서류를 갖다 주진
못할 망정
……!
……!
훌
쩍
그렇게
약 20분간의 통화를
마친 후 다시 그분께
전화가 오지는 않았다.
의문인 것은
그 20분간 그냥
가까운 주민센터에
가볼 수는 없었을까…

첫 발령지였던
동 주민센터에서
3년을 근무하고
구청으로 인사이동을
하게 되었을 때

(3년 만에 꺼내 입은 정장 재킷)

(발령장 받으러) 다녀왔습니다

발령 무슨 과로 났어~?

OOXX 과라던데?

※ 어째서인지 이미 알고들 계심

동에서 같이
근무한 선배 A
그렇지~
동이랑은 많이
다르니까….
그냥 다시 신규로
돌아가는 거나
비슷해.
일도 완전 새로
배워야 하고,
아는 사람은 없는데
얼굴 빨리 익혀서
인사 잘해야 하고
…
인사만 잘해도
반은 먹고 들어
가는 건데 그걸
모르는 신규들이
있더라 ~
내가 좀
꼰대긴 하지
안 보는 것
같아도
다 보고 있는데
말야 ~
선배 B
무… 무섭…

물가에 내놓은 서기*
※ 서기
- 8급
업… 업무적인
적응은 어떻게…
인나?
J주임은 지금
구청 처음 가서
첫단추를 잘
끼워야지.
업무도 다 인간관계가
받쳐줘야 배울 때도
수월하고, 일도 혼자서
할 수 없고 다 물어물어
협조받아 하는 거라
알겠지만
지방직은
평판이
중요하잖아.
그러니까
그러니까
인사가
기본이지
~!!
나도 예전에
사이 안 좋은
사람 후임으로
가는 바람에
고생 좀 했지.
팀장님
급결론

소시민J 인사관련 능력치
안면인식 능력
시 력
목소리 크기
넉 살
나는 두려워졌다.
나의 구청라이프 시작부터 위기…?!
발령장
그렇게까지 걱정할 필요는…
너무 겁줬나ㅋㅋ
J주임?

커
팔랑
큽
백 번 양보해서 넉살이나 목소리는 노오력한다 쳐도
시력이나 안면인식능력이 단시간에 좋아질 순 없다….
누군가와 마주칠 때마다 흐린 눈 하다가는 나의 평판은 나락으로…!
음- 낯이 익은데 누구시더라
국장 이네만…
칭칭
그렇다면

닥치는 대로
인사해 버리자!
낯익음지수 80%
안녕
해세요
어, J주임
구청
왔구나?
결재판
안녕하세요
낯익음
지수
50
아예ㅣ…
다른 과
모르는 주임님
안녕하십니까?
낯익음
지수
90
언니?
지나
가던
동기
그게 안 하고
욕 먹는 것보단
마음이 편해~!
후우
좋은
전략

낯익음 지수
50%다~!
안녕하세요!
한 달쯤 전략이
잘 먹혀 자신감붙음

J주임님…
저분 알아요?
아뇨~잘 모르는데
자주 본 거같아서…
크흠!
흠흠!
저 사람…

거의
출퇴근
하신다고
…
구청에서
악성민원 많이 넣기로
유명한 분이잖아요…
민원 폭탄
…그리고
머지않아

멍
......
니가
더
무섭...
불인 줄
알면서
뛰어드는
부나방이
된 기분
부들
부들
스윽
번호표
명불허전이 무엇인지를
깨닫게 되고야 마는데...!
- 계속되지
않습니다 -
caffé bene
gelato & waffle

이런 일도 한다네

시간 : 어느 날 퇴근 시간 이후
장소 : 동기 단톡방
주제 : '현타 왔던 순간들'
부제 : '이런것도 하는 줄 몰랐지'
ㅋㅋㅋㅋ
그런 건강 일상이지
100시간 초과 근무하고 50시간 수당 받는 거 일일이 현타 맞으면 어케 다님TT
ㅋㅋㅋㅋ

예전 사장님 때긴 한데, 아드님 결혼식에서 식권 나눠줄 때…?
(왠지 모르게 청장님이라고 안 하고 사장님이라 하게 되는 경향)
헐~총무과라고 그런것도 해야 됨?
자발적(…) 봉사죠 뭐.
ㅋㅋㅋ
ㅋㅋㅋㅋ

나는 총무과 때 집단 민원
청사 점거 막느라 새벽까지
인간바리케이드 칠 때

나는 누구인가…

인간바리케이드 ㅋㅋㅋ

ㅋㅋㅋㅋㅋㅋ

총무과 은근 노가다네.
ㅋㅋㅋㅋ

그래서 동에 가더니
얼굴이 폈군요.ㅋㅋㅋ

나는 동에 있을 때
매일 복사하러 오시는
무서운 분 계셨는데…

300장

이거이거
150% 확대
10장씩

상철로
양면 복사
50장

책처럼
볼 수 있게
축소 복사

나…
범백…?!

거긴 민원용 복사기 없어요? ⊙⊙

그땐 없었지TT 요샌 다 있나?

※ 복사가능여부는 기관마다
다를수 있습니다!

암튼 그분 덕분에 확대 축소
양면 복사 완전 터득했ㅎㅎ

오~스킬 획득 ㅋㅋㅋ

복사의 달인이 되셨군요.ㅋㅋ

동에서 여름에 노인분들 삼계탕 대접하는 행사 전날

엄청 큰 가스 화구 불 붙이다가 눈썹 탔는데…

그 후로 눈썹 모양이 좀 바뀐 거 같은 건 기분 탓임?

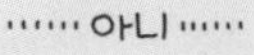

산재네…

난 새벽 청소하다 구더기 만졌을 때?

동 청소 담당 안 해봤구만? 😑

ㅋㅋㅋㅋ

비바람 뚫고 수방 가서 밤샘 대기할 때 어찌나 서럽던지 😭

RGRG

밤샘 하면 차라리 낫지 12시에 해제되면 또르르…

ㅇㅇ 세상억울

당직하다 신고인이 다음날까지
못 기다린다고 해서 새벽에
길냥이 포획을 나갔는데
※ 보통 다음날 동물구조협회에
연락합니다.
헐~ 어떻게 잡아…?
못 잡겠어서 편의점에서 소시지
사다가 유인도 해봤으나 실패.
무리수…
우쭈쭈
~~

난 로드킬 수습 처음 나갔을 때
삽으로 떴을 때의 감촉이
잊혀지지 않아서 담날 입맛이 없더라.
당직 안 해서 난 똥이 좋더라고.
당직 진짜부담…
무슨 얘길 이렇게 하나 했더니 ㅋㅋ
오~뭐하다 이제 옴?
나 어제

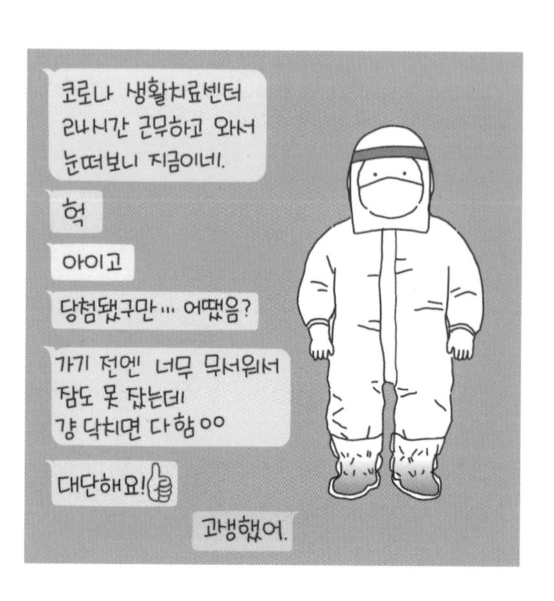

코로나 생활치료센터
24시간 근무하고 와서
눈떠보니 지금이네.
헉
아이고
당첨됐구만… 어땠음?
가기 전엔 너무 무서워서
잠도 못 잤는데
걍 닥치면 다함ㅇㅇ
대단해요!
고생했어.

……(숙연)
다들 파이팅이에요 ㅋㅋ
ㅇㅇ 파이팅.
We- are Champions. the my friend~~

투표 당일
새벽3시

기상

(옷 다 입고
뜬눈으로
누워 있다가
3시됨)

못 일어나면
끝장이다.
...!!

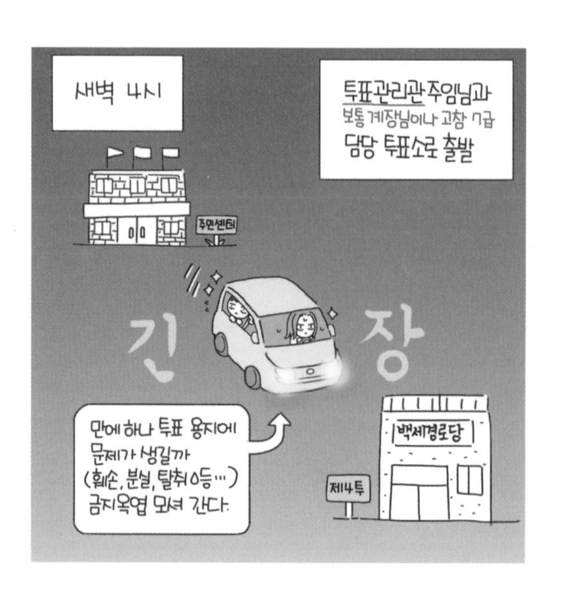
새벽 4시
투표관리관 주임님과
보통 계장님이나 고참 7급
담당 투표소로 출발
주민센터
긴장
만에 하나 투표 용지에
문제가 생길까
(훼손, 분실, 탈취 등…)
금지옥엽 모셔 간다.
백세경로당
제4투

새벽 4:15
비상 사태 발생
열쇠가
없어….
네?
털썩
후두둑

4:30
팀장님 출동
나 내년에
퇴직이라고~~~
쾅
쾅
떨어지는
낙엽도 조심해야
한단 말이다~~!
알아서
하렴
무사
태평
평소
저런 모습
처음이야.
크흐흑

4:45 AM
경비업체 출동
백세경로당
열어
드렸습니다-.
감사합니다….
여보…나
정년퇴직
할 수 있어.
크
흡

5:00 AM ~ 5:30 AM
구청직원(투표 사무지원 인력), 참관인, 자원봉사자 도착
※투표소 설치는 전날 해둔다
안녕하십니까? 제4투 투표관리관 입니다.
A주임님은 오늘 선거인 명부 대조를 맡아주시고, B주임님은 투표용지 배부를….
마치 아무 일도 없었던 것 같…
프로…!
새벽에 오시느라 고생하셨죠.
또랑~
○○당 참관인 이시죠?
어디쯤 이세요?
아직 도착 전 인원 연락

자…. 투표함 비어 있는것 확인하시고요!
※확인후 뚜껑을 봉함.
~5:55 AM.
투표소, 기표용구, 투표함 등 확인
마술사 멘트 같다.
텅 텅
특수 스티커
5:55 AM.
선서 타임
하나, 나는 공정하고 투명한 투표사무를 위해…
엄숙
두근
두근

5:59:50 AM.

5:59:59

새벽 6시부터
저녁 6시까지
투표용지
3,000 ~
기표소
12시간의
투표 시간 동안

① 매 시간마다
투표율 보고
○○동
4투
210명
입니다!
※ 50분에 보고.
예,
수고
하십시오~
② 신청 있을 시
투표 확인증 교부
저-제가
투표했다는
증거가 좀
필요한데요.
즈…
증거요?
엥?
받아
오라던데
이쪽으로
오십시오.
※ 선거가방
안에 들어 있는 걸
발견함
투표확인증
no.

③ 돌발 상황 케어
이거
맞게 찍었나
좀 봐줄 수…?
몇째
칸인지
헷갈려
어어어
어르신~~
아니
되옵니다
…!!
④ 메뚜기식
빈자리 메꾸기
1592번…
잠시만요~ㄴ
팔락
골무
팔락
팔락
스피드
이러다
투표율 보고
놓치면 큰일!
서명해
주시고요….
네

⑤ 수시로 기표소 내부점검
기표소
신분증은
그렇다
치고
도장은
왜…?
투표사무원
⑥ 다른 투표소로 안내
아, 4투가
아니라
7투시네요….
헐~ 왜요?
바로 요 앞이
집인데?
그…그게
통반으로
나뉘는 거라
7투가
어딘데요?
그…ㅁㅁ
센터 아세요
?
에휴~
그런 게
있었나?
잠시
만요…
모름

①~⑥을 반복합니다
+α
여기서 하고 5투로 보내주면 안 되나?
공보물 못 받았는데 무슨 음모가 있는 거 아니야?!
애들 교육으로 기표소 같이 들어가면 안 되나요?
신분증 잃어버렸는데 회원증으로 안 되나요?
잘못 찍었는데 용지 한 장 더 주세요
투표소를 이렇게 찾아오기 힘든 데다 차리다니 투표를 하라는 거야? 말라는 거야?
저는 왜 투표권이 없죠?
엊그제 이사 왔는데 여기서 투표 안 돼요?

①~⑥ +α를 반복합니다…
정신이 없는 대신 시간은 잘 가고요.
오후 5시쯤 되면 조금 한산해집니…
저기요 방금도 했는데?
칸을 메꾸려는 수작입니까?
뜨끔
그렇다면 슬슬…

미리 집계를 맞춰볼까요?
그러죠. 마감 임박해서는 정리하기도 바쁘니…
전 투표지 확인할게요.
제가 등재번호 세겠습니다.
등재번호 나머지 여기요~
※투표자 수와 남은 투표 용지의 ± 갯수가 일치하는지 여부가 엄청나게 중요하다.
맞을 때까지 집에 못 가요…!
그 정도로 끝나면 다행이게
흐ㄷㄷ

하하
그럴 리가
다, 다시
확인해볼까요?
암요,
다시 해봐야죠.
2355…
2255…

우린 끝이야
시보해제
떡돌린 지
며칠
되지도
않았는데!
어.

아, 일련번호
순으로 배부를
해야 되는데…
중간에 한 묶음을
남기고 했나 봐요.
중간 한 묶음이
남아 있으니까…
2255,
맞네요!
참고로
제가 그런 거
아닙니다 ㅡ
십년 감수
아깐 이걸
몰랐음.
담선거
전에
명퇴를
하든지 원
엄마,
나
뉴스에
안 나와.

거의
끝나가네.
투표함 수송 담당
경찰입니다.
차 대기하고
있겠습니다.
아직
투표할 수
있죠?!
정리되면
나오세요~
네!
헉
헉
아 네!
이쪽으로
오세요!

아이구~
투표소가
여기가
아니신데요…
7투인데 여긴 4투
네?!
거… 거기가
어딘데요?
띠용
그게…
거리가 좀
있는데
시간이…
4투
7투
끝날 때쯤
완벽 파악되는
각 투표소 위치
마감
30초
전입니다—!

18:00 투표 종료
소중한 한 표가
사라지는 순간…
숙연
터덜
터덜
자~정리해
주세요!
집계 마무리
해주시고.
봉투들 닫고
관리관 도장
찍어야
동으로 갈
물품
섞이지 않게!
동행할
참관인
누구시죠?!

18:05
개표소로 출발
다 봉했지?
다 챙겼지?
착
착
착
빠진 거 없지?!
남은 분들 정리 부탁 합니다!
출발, 출발!!

오늘 4.xx 총선의 최종 투표율은 54.2%로 집계되었으며…
경찰관님, 빨리 좀 부탁드려요~
이 정도면 아직 양호해요~ 수송 경력 10년입니다.
치열하네
뭐? 3투 아직 못 출발했다고? ㅋㅋㅋ
뭐? 5투 다 와간 다고?
와- 꼴찌는 안 하 겠다
청관인
거의 끝났겠거니…
공무수행
J주임 내리면 바로 뛰는 거야!
네-

18:15 개표소를
향한 질주 타임
그럼-
부릉-
두두두두두두두
??
개표소입구
※ 보통 인근 학교
강당, 체육관

18:40
제출 검사 통과
접 수
그거 거기있어?
아 놔
여기요
투표록 주시고… 관리관 도장은요.
남은 투표지 주시고.
이래서 뜨는 거구나
줄 끝 두 시간각…
가는 거야? 좋겠다…
최소한 8시 될 거 같은데요.
수고 수고~
의기 양양

20:00
동 주민센터로 돌아와 청소 & 뒷정리 마침
이건 다 버리고…
남은 등재번호 종이 뭉치는 어쩌죠, 버리긴 좀 아깝?
민원대에서 메모지로 유용ㅋ (그냥 빈칸 종이니까)
얼추 끝난 것 같네.
수고하셨습니다.
체력의 한계

오바 좀 보태서
죽을 것같…

와~~
진짜
피곤

휴~

그치만
그래도…

저녁들 드시고 가시죠!
어차피 집에 가도 밥은 먹을 거잖아요?
야, 동장님도 가실 겁니다!
!?
숨겨왔던 나-의 과비를 풀 테니 자자~
짝짝
생각지도 못한 복병
무사히 선거 끝내서 기분이 좋은 서무주임님 (서무=선거 담당)
※ 주말마다 강원도를 사이클로 오가는 강철 체력이심

22:40
(간신히) 귀가
이제 오니,
네에 ㅎㅎ 다녀왔습니다......
일찍 나갔는데 늦게 오네~
삼겹살 향
TV
□□갑 △△△ 후보 유력…
개표방송 안보니? 뭐 안먹어도 되고?
네에 ㅎㅎㅎㅎ
(임용 후 개표방송 본 적이 없…)

같이 좀 눕자.
주섬
파김치
주섬
커어 어

2부

쾅쾅
팡팍팍
사사삭

민원에 울고
민원에 웃는다

서류 발급 업무는
본인 여부 확인이
매우! 중요하다.
시보발령
+
민원대 근무
첫날
(=아무것도 모른다)
등본
한 통이요~
네!
두근
두근
신분증

어… 어디 보자…
덜
관할구 입력하고
주민번호 …
침착하자
할 수 있다…
등본 1부… 출력…!
주민등록증
○○○
서울특별시○○구청장
덜
덜

등본
나왔습니다 -.
휴

헐~누구세요 ?!?
?
제 신분증
드려요 ?
등본은
누나 꺼
뗄건데.
화들짝
이런일은
없어야 하므로 TT

그래서 본인 확인을
철저히 하기로 했다.
가족관계
증명서요.
네~
유 심히

신분증 사진과
동일인인지
비교 확인
음
흠흠

응?!

뭐 잘못된 거라도…
아뇨 아뇨
아뇨 아뇨
아닙니다
그럴 리가요,
얼른
해드릴게요!
사진과는 약간의 차이가 있으신
당황한 티를 내다니 실례야.
이게 다
어도비 때문이다.

그래서 본인 확인을 철저히 하기로 했다 (2)
등본이요.
본인 맞으시죠?
네.
넵~!

인감이요.
본인 맞으시죠?
네.
넵~!

출생
신고요.
본인
맞으시죠?
네?
아

전 애기
아빠인데요….
본인이
와야
되나요?
죄…
죄송합니다.

사망신고가
아니어서
다행이야….

잠깐!

민원대 업무에서
인감증명서 발급은
매우 조심스러운
업무입니다.

부동산등기·자동차매매
대출 등 재산권의 변동에
필요한 경우가 많기 때문

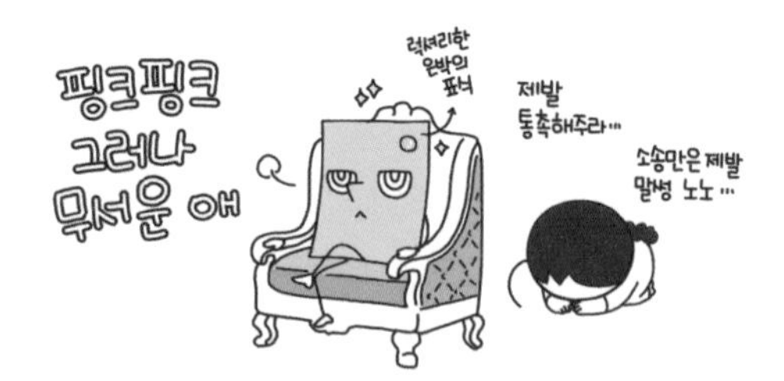

신분증위조나 허위위임장 등으로
인감증명을 잘못 발급했다가
몇 억짜리 송사에 휘말릴 수도 있다(…).

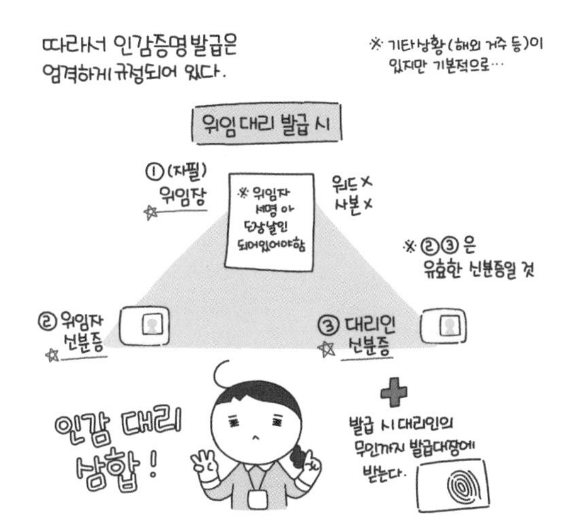
따라서 인감증명 발급은
엄격하게 규정되어 있다.
※ 기타상황(해외 거주 등)이
있지만 기본적으로…
위임 대리 발급 시
① (자필)
위임장
※ 위임자
서명 아
도장날인
되어있어야함
워드 ×
사본 ×
※ ②③은
유효한 신분증일 것
② 위임자
신분증
③ 대리인
신분증
인감 대리
삼합!
발급 시 대리인의
무인까지 발급대장에
받는다.

대리 발급 시에는
위임자분 신분증을
꼭 확인해야 해요.
에이~
내가 뭐 남의거
떼는 건가?
배우자 건데.
가족 거니 괜찮아요~.
자자,
좀 해줘요
바빠서
그래~

또 잠깐!
가족이니 괜찮다?
→ 인감부정 발급 사고는
가족간이 가장 흔하다!
NO!!
예) 부모님 인감 몰래 발급하여
대출받는 경우
절레
절레
〈딴 데서는 다
해주는데〉
여긴 왜 안 해줘
~~?!?
…의 '딴 데'가
될 수 있다
그리고 중요한 문제는
내가 규정에 어긋나는
선례를 남기면
다른 일선 담당자들께
피해가 될 수있고,
나아가서 원칙이
흔들리게 된다는 점이다.
대체
거기가
어딘가요~
그럴 수는
없지~!
아이고-회장님!
어쩐 일로
오셨습니까
연락이라도
하고 오시죠~
죄송하지만
신분증은 꼭…
과장님
아, 과장님
발령받으신 데가
여기였군요.
아마도
어떤 단체
회장님이신 듯
※각종 위원회
연맹, 상인회
등등…

서류 떼러 오셨어요?
차 한 잔 해시지.
그게, 인감을 좀 떼야 되는데… 집사람 신분증을 깜빡해서….
아… 그래요?
안 되는 건가?
그러니까 바빠서 좀 해주면 좋겠는데….
아이고 저런….

무언의 프레셔
……
가시방석…
……
……

……
……
……
난……

아무래도
출세와는
거리가 먼 듯
결국 발급
안 했음

잘 해결된(넘어간)
거야?
뭐
갑분싸
정도면
괜찮지ㅎㅎ

민원창구도
은행처럼
대기번호표가 있다.
띵동-
001
창구 바깥
쪽에서는
민원인이
뽑은 번호가
표시되고

창구 안쪽에는
번호표를 뽑은 인원수가
(= 기다리는 사람이 몇 명인지)
표시된다
0이 제일
좋은 숫자죠.
ㅎㅎ
수고하세요.
안녕히
가세요-

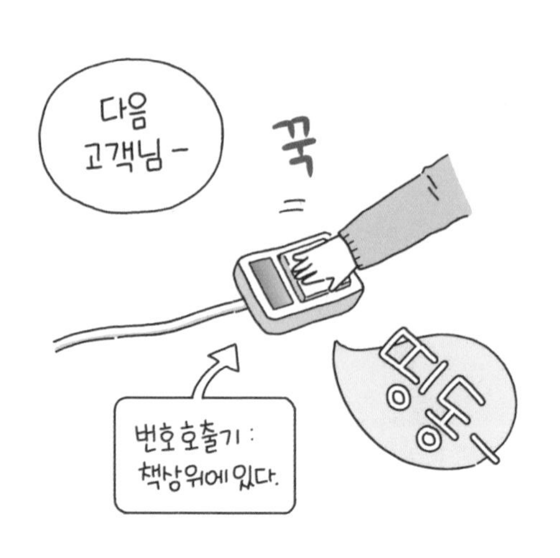
다음 고객님 -
꾹
번호호출기 : 책상위에 있다.
띵동-

15
대기가 15…?!
언제…?
어느새…?
옹?
띠

아이들은 번호표를
좋아하는 듯….
그…
그만해
꺄륵!
번호표
휴
슈르륵
슈르륵

Hi!
아…
갑작스러운 외국인 민원인의 방문

이럴 땐 그러니까…
메… 메이 아이 헬프 유~?
근데 대답은 어떻게
알아듣지? 동시통역 로봇의
상용화가 시급하네.
영어면접을 보면 뭐하누
이럴 때 못 써먹는데
아니 근데 꼭 영어로
응대해야 하는 건가…?
0.01초간 의식의 흐름

출입국 사실 증명서 한 통 뗘 주세요~
살아 있는 현지어
네~~.
휴

등본 한 통
필요하시다고요?
신분증 주세요~
네
뒤적
뒤적

어…
어라……,
……,
없……,
뒤적
뒤적
파
바
박

어라!
어디뒀
아,
안 되는데
아~
찾
찾았다!!
짠-!!!
짠?…
뭔가 리액션의 의무를 느낌
와…
와아~~
파바박
팟
짝
짝

안녕하세요!
서류 좀 떼려고요!
띵동~
네, 안녕하세요
신분증 주시고요~.
어떤 서류
필요하세요?

네,
인감이랑…
초본…
음… 음?
어…
음?!
신분증…
파바박
헐
아…
없다!

잠시 후

얼마죠?
인감 600
초본 400
천 원입니다-.
여기요,
네~
타닥
탁 탁

고맙습니다,
수고하세요!
아네,
안녕히 가세…
호닥
타닥
탁 탁

어?
....
위ㅡ잉

죄송합니다.
아뇨, 저…저도
찾아가셨다.

안녕하세요,
어떤 업무 도와
드…릴…
초본이요.
우물
우물
오독
오독
?

오독오독
냠냠
오도독오도독
냠냠
아 네,
초본이요…
하하하
왠지 똑바로
못 보겠음
배…배가
많이 고프신
걸까….

냠냠냠
여기 초본 나왔습니...
부시럭
냠냠
냠
와르르
찹쌀 선과
안녕히 계세요~.
가... 감사합니다....
좋은분...!
배가고플뿐
오독오독
잠시나마 이상하게 여긴 내가 부끄럽구나.
코쓱

신청서 작성 중
조금 어려워 하시는 것 같네…
모르시면 물어보세요~
뻘뻘

저… 대상자 하고 주소가 같은데 또 써야 되나요?
신청서
대상자 주소란
신청인 주소란
ex) 남편의 서류를 아내가 신청하는 경우 등 주소가 같은 경우 같은 내용을 중복해서 쓰게 될 수 있다.
서류가 몇 가지 돼서
여러 장 써야 되는데…
아 네~
힘드시죠?

그러시면
본인 주소란에는
<주소 상동>
이라고
써주세요~.
그나마
좀 덜
쓰시게….
상동이요…?
상동 아니고
송내동인데요….
그래도
?
상동이라고
써야 하나요?
헉
의아
※ 상동(上同)
위에 적힌 사실과 같음

아
아뇨아뇨~
죄송하시긴요.
저도
여기서 일하기
전엔 몰랐어요~.
그… 그런
뜻이었구나
첨 들어봐서
몰랐어요.
죄송해요.
타닥
모르실 수는 있지만
너무 귀여우신건 반칙

어르신의 거스름돈

가끔
어르신들께서
됐다됐어
커피 한 잔
뽑아 먹어~
수고
했네
거스름돈을
주시는 경우가 있는데

괜찮아요.
커피 많이
마셨어요~~
마신 셈
칠게요.
아이구~
그럼
과자 사묵어~

헤...

마음만 감사히
받고 모두 모금함에
넣습니다.
땡
이웃돕기모금
그랑♪
아기 사진
갖다놓은 거냐고
오해받는 모금함...
어르신~
감사합니다 ^^

어떤 서류가
필요한지
확인하는 중

네, 그럼…
등본이랑 인감
필요하신 거
맞으시죠?
한 번 더
확인!

화들짝!
아뇨 아뇨,
인감이랑
등본인데요?!

..........?
네.. 알겠습니다....
?
뭔가 심리적인
차이인 걸까...
그래서 순서대로
발급해드렸다.

따로 사시는
부모님의 등·초본을
발급받으러
오시는 경우
네~ 아버지
등본 초본
필요하시다고요?
빠른 조회를 위해
부모님의 주소
소재지를 여쭤본다.

아버님은
그럼
지금 어디
거주하고
계신가요?

예!
두분 다
건강하십니다.
아예……
다… 다행이네요….
어느 부분이
비슷했던 것일까.

<본인서명 사실확인서>는
용도를 기재해서
발급해드립니다.

※ 민원창구 깨알상식

<본인서명 사실확인서>는
인감 증명서와 비슷하지만
사전도장 등록 없이 서명으로
즉시 발급이 가능해요!

네?
헉
삐끗
본인서명사실확인서
용도 : 대충
홍길동
○○구청장
죄… 죄송합니다….
얼른 다시 해드릴게요….
휴
오타가 나도
그렇게…
아니, 농담이에요
~~~~~.
죄송합니다
ㅋ
ㅋ
ㅋ
ㅋㅋ
~~~~~

민원실에서 통화 후
필요한 서류를 메모해
오시는 경우가 있다.
곧 오시겠군…
무슨 서류가 필요하다구요?
네?!
아… 네… 네네

저기, 이런 서류가 있어요?
거참
네~ 메모해 오신 거 보여주세요~

별걸 다 떼오라네? 내가 그럼 사람이지 뭐야 나원……
인감 떼드릴 게요…
인간 증명서

신청서 작성 중
용도 뭐라고 써요?
아, 그건요.
음···
서류를 어떤 용도로 쓰기위해 신청하는 것인지 기재하는 란이 있다.
ex) 은행 제출용 등기용, 상속용 등등

음··· 잘 모르시면 그냥 '제출용'이라고 쓰셔도 돼요.
크게 중요하진 않···.

대출이요··?
아니, 제가 왜 대출을 받아요?!
정색
아니 그게 아니오라
여기 이상하네.

매울 신씨

업무 처리 시
타 기관담당자와
통화 중
※ 최초 발급 기관이나
관할에서만
처리가 가능한 경우가
종종 있다.
아 네, ○○구청인데요.
○○건 처리좀 부탁
드립니다. 민원인께서
기다리고 계셔서요….

민원인
성함이 어떻게
되세요?
네,
신○○님이세요.
신, ○자, ○자요.
……
진○○
이요?
아뇨,
신이요.
심이요?
아뇨…TT

아, 신… 신라면 할 때 신이요!!
매울 신이요 매울 신!
아~~ <신>이요~. 알겠습니다. 바로 처리 해드릴게요~
辛 라면
휴~
딸칵
따… 딱히 매울 신은 아니고요….
어머나!
동공
지진
하하

족보를 바꿔버리시네요….
申 → 辛
죄송합니다ㅇ 죄송합니다ㅇ
저희 집은 申씨 가문 입니다….

퇴근 시간이 가까워지면
종종 발생하는 현상
제적등본이랑
초본 한 통 주세요.
네덕?
※ 하고 싶었던 말
: 네, 제적등본
한 통, 초본 한 통
이요~^^
네?
뭐래~
헐
바벅
※ 혀 확대도
아 지쳤어…
흐느적..

얼마예요?
육백억,
※ 하고 싶었던 말
: 육백 원입니다.
인감 한 통
떼심
네?
설마
헐
콰직
종일
말을 많이
하다 보면
가끔 고장날 때가
있는데
민
망
그날 열일
했나보다 생각해
주시면 감사
하겠습니다…

※ 안쪽 : 대기인수
바깥쪽 : 해당 순서
→ 현재 20명
대기 중
웅성 웅성
아니, 왜 이렇게 오래 걸려?
바쁜 사람 먼저 좀 하면 안 되나.
번호를 왜 아무도 안 눌러?
ㄷㄷㄷ
따바박
공교롭게도 창구마다 비교적 장시간이 소요되는 업무를 하고 있는 경우 이런 상황이 되기 쉽다.
ㄷㄷㄷ
업무를 하면서 대기수 체크를 하지만 달리 방법은 없고 초조함이 극에 달함.

자칫! 험악한 분위기가 될 수 있어 극도로 조심스럽다.
안녕히 가세요-.
이글
휴….
이글
고난도였어….

※ 번호호출기
- 책상 위에 있다.

착.

오래 기다리셨습니다~.
등본 필요하시다고요…?
……
깜놀
어떻게 받은 거야 나
어머머
벌렁 벌렁
내색하지 않는 편이 상황 종료에 도움이 된다.
몇 년 더하면 무림고수 꿈나무가 될 듯

등본 드릴게요. 수수료 400원 입니…
어머! 지갑이고 뭐고 아무것도 안 가져 왔는데?!
수수료가 있는 줄 생각을 못했네?
…?
현금 없으시면 카드라도…
지갑이 없는데 카드가 있겠어~?
삼송 페이도 되는데…요…
나 아이퐁 쓰는데? 어떡하지? 서류는 지금 꼭 필요한데!!
아유참~
툭

이런경우가 꽤 있지만
보통 매우 민망해하면서
① 금방 갖다주겠다고 하시거나
② 발급한 서류를 취소해달라고
하는 경우가 보통이고, 그럴 땐
소액이면 나중에 가져다
주시라고 하기도 하는데…
어느 쪽에도 해당이 안 되어 혼란해하고 있는 중입니다.
아직 내공이 부족한 게야!
……
……
서… 선생님? 저희 매일 수수료정산을 해야하…
아유, 여태까지 사정 얘기했잖아~ 다음에 시간 나면 갖다줄게~!!
아…
400원 안 떼어먹어~
다음 이라뇨…?

경험상
실제로 가져다
주시는 경우는
25% 정도
일단
사비로 메꾼다…TT
에휴
짤랑

정말로 갖다주시면
그렇게 고마울
수가 없음
며칠 전에 못 드린
300원이에요
죄송해요.
그담날
오겠다고
했는데
아아,
아니어요
감사합니다
아직
세상은
살 만한 건가
인간 불신이 1만큼 회복되었습니다!

가족관계증명서 한 장 주세요.
본인 기준으로 발급해 드릴까요?
네, 제 꺼요~.
…어?
가족관계증명서
본인 김열매
부 김철수
모 이영희
OO 구청장
저기 …. 오빠가 안 나왔는데 이게 맞는 건가요 …?
본인 기준 (위아래) 직계혈족과 배우자가 나오는 서류라 그게 맞을 거예요~.

직계혈족 이요…?
친부모 친재녀 관계요~.
더 넓지만 가족관계 증명서에 나오는 관계만…
치치친… 친오빠 맞는데…요…?!
으아아아
아뇨아뇨 아뇨아뇨 그런 게 아니라
설마 이것은 출생의 비밀?!
이라고 생각하시는 듯
동공
지진
헉!!
다
급

※기준에 따라 범위가 달라짐
기준-나
기준-아버지
어머니 기준으로도 물론 가능
원칙
본인 기준 부모, 배우자, 자녀가 기재됨
가족관계증명서
본인 김열매
부 김철수
모 이영희
○○구청장
가족관계증명서
본인 김철수 → 아버지
부 김만수 → 할아버지
모 이무강 → 할머니
배우자 이영희 → 어머니
자녀 김푸름 → 오빠
자녀 김열매
형제 관계의 증명!!
미혼이므로 배우자, 자녀 없이 발급됨
아~~
다행….
형제·자매가 같이 나와야 하면 부모님 기준으로 발급하시면 돼요~.
신청서 써주시면 발급 가능 하세요!

제1회
오해하기 쉬운 서류 시상식
주최 : 소시민J
1위 가족관계증명서. 민원인들이 놀라시니 주의해주세요….
2부문 수상 이네요.
대법원이 그랬어요~
공신력 제로의 시상식…
그리고 비싸다는 말 많이 듣는 서류 2위….

동거인

안녕하세요~ 어떤 업무 도와드릴까요-
아들 등본 좀 떼어봐 줘요.
이번에 회사근처로 집을 얻어 나가서
아, 전입했나 확인하시려고요~

음, 동거인이 있네…
저기,
동거인도 포함해서 발급해드릴까요?
타닥
타닥

주민등록에서 말하는 동거인이란
<가족이 아닌 자>를 뜻합니다.
※ 등본 발급 시 포함 여부를 선택할 수 있어요!

가끔 부모님뻘 민원인께서
흠칫 놀라시는 경우가 있어서

민원업무 중에는
말 한마디, 단어 하나도
신중해야겠다는
생각이 들곤 한다.

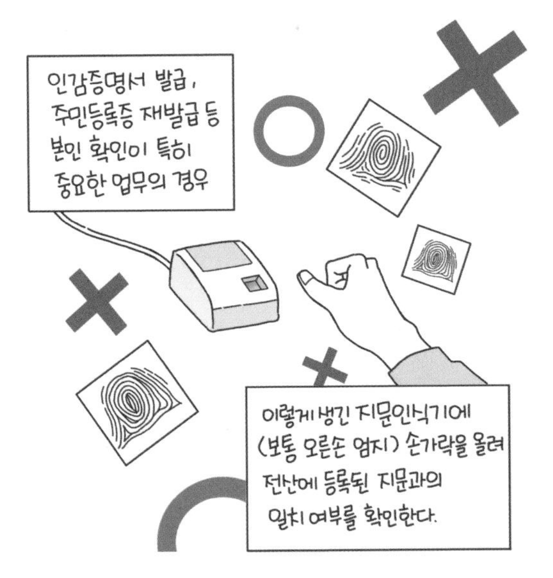
인감증명서 발급,
주민등록증 재발급 등
본인 확인이 특히
중요한 업무의 경우
이렇게 생긴 지문인식기에
(보통 오른손 엄지) 손가락을 올려
전산에 등록된 지문과의
일치 여부를 확인한다.

인감 한 통
주세요.
네, 지문인식기
위에 엄지손가락
올려주세요~.
지문 확인
하겠습니다~
그런데 이 과정에서 '지문인식기 위에'
라는 말이 생략되거나 잘 못 들으시거나 하면…

1. 육안대조 시도
엄지? 지문? 여기요.
헉
기계에 올려주세...
그... 그게 아니라...

2. 따봉
아~ 올리라구요?
구시대적 표현 양해부탁드립니다 화자가 옛날 사람이라...
네!
척
따봉이 뭔야?
웅성 웅성

안 되겠다
여…여기에 올려주세요~
아~
하하
꾹
내가 의도한 여기
민원인이 이해한 여기

3. 손을 주시는경우
…….
?
'손'…?
확인 됐나요~?
제 불찰입니다
…등등 다양한 반응을 볼수 있다….

2위. 그날 처리한
신청서의 표식

민원접수고무인

1위. 10장쯤은 가볍게!
모든 걸 없애주는(?)
다 갈아 버릴 거야
드드드드드드드드드득 득!
초강력 대형
서류 파쇄기

뭔가 ……
한결같이
파괴적인 게…
순위에는
들지 못했지만
아차상은 -
무슨
불만이라도
있는 듯한
움찔
어맛
그럴 리가요

바쁠 때 엄청 도움되는
무인민원 발급기… 그러나
수수료도 반값!
무인민원발급기
창구 대기가 긴데,
여기서 해볼까?
그럴까?
띵동
띵동
휴…
내 차례라고
빨리 좀 해요

때론 상황을 악화시키기도
하는 애증의 존재이기도
초본을 뽑으려는데
뭘 선택하라는데…
잘 모르겠어요
종이가 걸린 것
같거든요?
돈을
먹었어요~
넵넵
잠시만 기다려
주세…
주임님
주임님
띵동 띵동
무인민원발
창구 하나는
왜 비었어
으아~
유인민원
발급기로
이름 바꿔…

민원대 공무원 J가
난감한 순간 중 하나

뭐 신분증?

아니,
내가 난데
신분증이
왜 필요해~~

두드리면
다
나오잖아~?

언제
갔다와?

서…
선생님….

……일단 이런
상황이 되면

사례 2
무인발급기로 가능한 서류일 경우 → 신분증 없이 지문으로 발급
정 없으시면 무인발급기를 이용하시는 건 어떠세요?
수수료도 더 싸고요~
할줄 모르는데?
가족관계 증명서라고 하셨죠~
제가 알려드릴게요~.

나가서 알려드려서 해결되면 좋은데 그렇지 못한 경우도 …
아~~가만 내 꺼가 아니고 가족 꺼를 떼야 되는 거 같은데?
※발급기로는 대개 본인 서류만 가능함
?!
이건 필요가 없겠어 수수료 환불되지?
사례②-1
FAIL
→원점
혹은
사례②-2
지문이 안 되는데?
지문이 흐리거나 옛날에 찍은 걸 입력한 거라 좀 달라지셨나 봐요….
그건 난 모르겠고 지문 안 되는 건 내 잘못 아니니까
여기서 알아서 해줘야지.
지문인식 실패!
FAIL
→탁상행정 문제로 옮겨가기도

사례③
발급기로 해결 안 되는
서류의경우
죄송하지만
인감은 신분증이
꼭 있어야
해드릴 수가….
계속
반복 중
……
알았어.
훽
……?

잠시 후
자! 신분증
가져오래매?
이제!
됐지?
픽!
네~ 금방
해드릴게요….
이런경우가
몇 번 있다 보니

아, 신분증!!
아, 깜빡했다!!
아, 금방
가져올게요!!
천사oooo!
아차차ㅡ
내 정신 좀 봐
저 훌리한 뒷모습….
줄
줄
이런경우
너무너무
감사하다.
사랑합니다 고갱님♥

덧
그까짓 사진 박힌 카드 한 장이 뭐 그리 중요한가 의미 없다 싶을 때도 있음
(근미래엔 생체인식 같은 걸로 아예 없어질 것 같은데)
그러나 어쨌든 현재의 나는 그걸 확인해야 하고
철
썩!
신분증이여! 도장이여!
부르다가 내가 죽을 이름이여!
최근 모바일 운전면허증 소식도 그렇고 주민등록증도 모바일로 대체될 날이 머지않은 것 같기는 합니다.
등초본의 경우 지문 인식으로 대체 가능한 시행령 개정이 있기도 했구요….
그래도 무인발급기도 그렇고 지문인식이 안 되는 경우도 많아서
관공서 오실 땐 신분증을 챙겨 오시는 게 여러모로 편하답니다♥
신분증 무새
뜨끔
본인이 편하다는 거겠지…
서로서로가 편안해지는 거 아니겠습니까.

안 된다고만 하면 다야 !?
구청장을 만나러 가야 똑바로 할 거야? 어? 청와대 찾아가?
세금으로 먹고살면서 하는 일이 뭐야?
선생님… 진정 하세요
버럭
버럭
가족관계접수

아니, 제가 비행기 못 타면 책임질 거냐고 묻잖아요.
원칙 얘긴 됐고 실질적인 해결책을 말씀해 주시라고요. 아까부터 이것도 안 된다 저것도 안 된다…! 어느 분하고 얘기해야 해결이 되는 건데요.
그건 저희가 임의로 할 수 있는 권한이…
조곤
조곤
여권접수
생겼어?
진정 하게!

제가 말이죠…
비도 오고 해서
소주 한 잔했거든요…?
사는 게 X같애서
X발.
구민의 한 사람으로서
말하는건데 우리나라
이대로 되겠어요?
되겠냔 말이야~
… 근데 아가씨
몇 살이야?
쏴아아
쏴아아아
통합민원
왜 이러세요TT

척
척
척
아리리오 - …
쏴아아아아
조금 무서운(…) 요주의 민원인님들의 동시 출현
(인상착의 등 특정 인물과 관련 없음 주의)

친절봉사
쏴아
안팎이 모두 악천후였던 어느 잊을 수 없는 비 오는 날의 민원봉사실
콰르릉 쾅!
제 일정에 차질이 생기면 그 손해는 어쩌실 건지
이럴 시간에 방법을 찾으세요
당신 가만안둬
청장 나오라 그래
생각보다 사람은 날씨의 영향을 많이 받는 것 같다는 생각이 들었다.
여기가 지옥인가
선생님 제가 업무를 해야 되는데…
아니 몇 살인지가 뭐 비밀이야? 술 먹었다고 내가 구민 아니고 민원인 아닌 거 아니잖아~

덧
쏴아아아
쏴아
후아 만만치 않은 하루…
어쨌든 지나갔…
수방대기 2단계 발령입니다~
퇴근
님아
풀
짝!
그 물을 건너지 마오
물 건너간 퇴근

식사 다녀올게. 주임님~
맛있게 드시고 오세요~
※ 점심식사 11시 반부터 2교대 (민원창구를 동시에 비울수 없으므로)
슈륵!
반짝

내 차례인데
왜 나가요?
바쁜 민원인
기다리는데
땡치면 밥 먹으러
가고 참 편하게
월급 받네~
누가 공무원
아니랄까봐.
네…?
?!?
저…저도 먹고는
살아야…TT 라고는
말할 수 없다.

그일이 있고 한동안
약간의 트라우마가
생겨서
점심시간
다 됐네…

쭈굴
....
물끄러미...
번호표
선생님,
그게
아니라...
나가야 되는데
눈치 보여서
발이 안 떨어짐.
엉거
주춤

에이~
서둘러서
하면되겠지
어떤 업무
도와드릴까요?
네...
잠깐만요
나름 발급 속도는
빠른 편이니까 ㅎㅎ
(무쓸모 부심...)
착석
띵동-

여기 있는 거
다 해주세요.
뒷장도 있으니까
잘 읽어보세요.
......
앗... 아아
제출서류목록
1. 본인 등·초본
(초본 주소변동사항·병역사항
전부 표기)
2. 본인기준 가족관계증명서,
기본증명서, 혼인관계증명서
3. 인감 30통
4. 국세·지방세 완납증명서
5. 출입국사실증명서 (10년)
6. 제적등본 (증조부까지)
7. 주민등록 구원장
최소 30분각

오늘의 교훈

민원창구는 타이밍.

골든타임 놓치면
10분 만에 밥
마심
훌떡!

사면초가

띵동—
띵동—
띵동—
……
101번 고객님?
101번 고객님 안 계세요? 안 계시면 다음 번호로 넘어가겠습니다.
……
……
밖에서는 해당 순서의 번호, 안에선 대기인수가 표시된다.
번호 호출기

띵동—
102번 고객님—.
네.

잠깐, 번호 지났는데요?
아…, 그게… 여러 번 불러드렸는데 안 오셔서 다음 분을….
101번
에구

지금은
제 차렌데…
금방
지났는데?
그그그그그, 그러면
잠깐만 기다리시면
102번 손님 바로 다음에
해드릴게…요…
아…?
뭐라?
…
스윽
103
에그
머니
RRRRRR
하필 지금?
헉
103번 손님과 눈 마주침
+
때마침 울리는 직통 전화
으아아아
~~~

아무에게도
도움을
받을 수 없는
몹시
곤란한 지경에
빠졌음을
뜻하는… 네….
-실전으로 알아보는-
오늘의 사자성어
四面楚歌
사 면 초 가
핼쑥ooo
~~~

대기가 없을 때
틈틈이 창구 앞을
정리한다.
금새 수북해짐
주섬 주섬
이것이
깨진유리창
법칙인 걸까…?
001
95

저벅
저벅
……
민원인
오셨넹.
번호표를
뽑으시겠지…

……
……?
쿵
움찔

J주무관님!
넵?
깜놀

설마 불만 민원…?
내 이름까지 정확히 알 정도면 깊은 원한인가?!
정신
뭐지 요근래 딱히 민원 생길 만한 일은 없었는데?
혼미
나 대체 무슨 짓을 한 거야~~?
※ 본인은 그렇게 생각해도 민원은 늘 예측 불허
아…
저욝?
※ 저요?인데 목이 메임

가늘고 길게 살고 싶었는데
이제! 구바(구청장에게 바란다)길을 걷다 감사과를 거쳐 신문고 데뷔하는 건가?!
뉴스만은 제발
행정소송 무서워, 싫어…
NOoooo
질 질
징계라니! 내가 징계라니!
어덕?
※ 어떤 일로 오셨는지요? 인데 목이 메임
… 실은!
얼마 전에 돌아가신 아버님 관련 복잡한 서류를 잘 도와주신 덕분에…!
어려울 거라 생각했던 일이 순조롭게 처리가 되어!
별건 아니지만 동료 분들과 나눠드세요!
펑
징 계
펑
사 죄

가…
감사합니다.
다행이다
넘나
다행이야~
그럼 이만!
저벅
저벅
나도 민원걸러
오신 줄 알고 놀랐어요~

그후 며칠간
평소보다 열일
띵동
띵동
띵동
내가 이 구역의
발급머신 띵동요정이다~
촤
촤
촤
주… 주임님
단순해….

근데 어떻게 된
일인 거예요~?
잘 먹을게요!

특별한 건 없었는데
그냥 그분이 좋게
생각해주신 모양…
ㅋㅋㅋ
민
망

지역과 관할 인구수에 따라
다르겠지만 내 경우는 하루에
보통 50~60명 안팎의 민원인을
만나는(듯한)데 적을 때도 많을 때도 있고
번호표 없음, 전화, 온라인 제외
더헉
끝났다
......
181
079
139
1000

매일 맞이하는 민원인들 중에는
그냥 스쳐가는 창구 직원인 내게
과분하게 친절하게 대해주시거나
가다가 카페가 있어서 샀어요~
고마워서요. 이 정도는 받으셔도 되죠~?
아… 감… 감사합니다…
되나?
두근
두근
엉거
주춤

유쾌하시거나, 귀여우시거나, 깍듯하게 대해주셔서 기분 좋게 업무를 도와드리게 되는 분들이 계신 반면
어이쿠
넵! 별말씀을요~
좀 복잡한데… 죄송합니다.
이 서류들 부탁해요~
(황송)
꾸벅
다소 대하기 힘든 ……
①
분들도 많아서
문제 ①의 말줄임표의 의미를 고르시오.
가) 할많하않 나) 졸리다
다) 말할필요가없다 라) 당 떨어짐
등본 하나 초본 하나
네?
네가 아니라… 서류 해달라고요.
어잠깐!
(번호 호출 안 했음)
툭
신분증

ㅅㅂ 아 직원이 안 된대잖아 ㅅㅂ
안 된대!
안 된다고 한 바로 그 직원
가시방석
도장을 가져오래잖아~
짜증나!
ㅅㅂ
ㅅ…ㅅㅂ 이라니요 ㅠㅠ
두근 두근

안 된다는 근거 법 조항 가져와 보세요. 무슨 법 몇 조 몇 항이죠?
그 조항이 내가 요구하는 민원 처리가 안 된다는 거랑 법적으로 따져서 상관 없을 시엔 책임질 자신 있는 거죠. 지금?
조곤 조곤
제대로 찾아서 복사 해와요!
법도 법인데 상식적으로 왜 남의 서류를ㅠㅠ
팔락
팔락

많은 생각이 들곤 한다.

나에겐 당연한 상식이 꼭 다른 사람에게도 상식이라는 법은 없구나 나는 그저 똑같이 일할 뿐인데 누군가는 나를 친절하다고 하고 누군가는 화를 낸다 말로 설득해서 통할 사람이었다면 애초에 [illegible] 억지를 부리지 않는다 일부 사람들에게는 불친절이란 태도의 [illegible] 영역이 아니라 요구가 수용되지 않음을 뜻하는 것이다 [illegible] 사람은 본인의 이익을 위해 아무렇지 않게 [illegible] 남에게 악의를 품을 수 있는 존재이기도 했구나 민 [illegible] 원인이 화를 안 내면 감사하게 느껴지는데 이 [illegible] 거 자존감 문제 있는 건가 원칙과 융통성과 불친절과 [illegible] 세금의 상관관계는 무엇인가 그래도 세금으로 월급 얘기는 [illegible] 이젠 큰 타격감은 없는 듯함 나름 성장했고만 반말 같은 건 신경도 안 쓰이고 욕만 안 해도 그저 감사요 그래도 좋은 분들도 많으니까 근데 한 번씩 무서운 분들 만나면 후유증이 심해서 문제 그날 그날 어떤 민원인을 만나게 될까 운을 시험하는 느낌이랄까 임용 첫날 옆자리 주임님이 모니터에 달마도 붙여놓았던 심정을 이제 백퍼 이해 여기까지 읽으신 분 사... 좋아합니다

호록..

결론!

세상엔 다양한
사람이 있다.

그리고 일하면서
어떤 사람을
만날지는

내가 신경 쓴다고
어찌할 수 있는
부분이 아니므로

포기하자.

성큼 성큼
저기요!
네…
좀전에
다녀가신 분…
왜 다시
오셨지?

신분증을
안 주면
어떡해요?!
네?
전 처리 마치고
돌려드렸는데요
…?
글쎄 안 줬다구요,
내가 은행에 가서
신분증이 없어서
얼마나 짜증났는지
알아요?
아니
죄송하다 해도
화가 날 판에 돌려줬다니
참나 그게 그럼 어딜 간 거냐구?
여기도 없고 봐봐 여기도
없…
택시 타고
왔다갔다한
돈이랑 시간은
누가
책임져!
아휴~
뒤적
뒤적

…어머!
여깄다!
?!
샥

이상하다
언제 거기
들어갔지?
서…선생님…?
……
푸스스

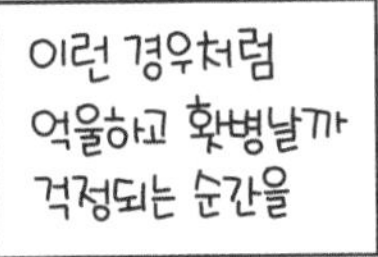

일을 하다 보면
피할 순 없다….

언젠가부터

이럴때를 대비해
건강식품을
상비해둔다.

근본적인 치료는 아니지만
조금은 도움이 된다.

달달한 작은 과자들
=☆ 정신건강 보조식품 ☆
이라고 생각합니다.

덧 그래서 주말이면
경건하게 건강식품
제조에 힘쓴다.

민원창구 근무 N년이면
마들렌을 만든다는
옛말이… (없음)

회식
※ 이미 상급자들과 분리된 자리는 모두 선점 상태
늦… 늦은 건가 그런 건가…
어느 자리에 앉아야 할지를 모두가 치열하게 고민하는 게 느껴진다.
두리번
두리번
예예
그 신속함 리스펙…
뭘 멀뚱히들 서 있어~
안 무너져 앉아 앉아
어서들 앉아 김주임 일루와
자자, 잔부터 채워~
서무주임은 이 테이블에 앉아야 할 운명… (선택의 여지 X)
과장님
팀장님
이슬처럼

좀처럼 늘지 않는 고급 스킬
다들 언제 사라진 거야…?
앗?
텅
텅
시작은 전원 참석 이었으나
마무리는 소수정예 이리라
<회식 때 티 안 나게 사라지기>

민원창구 공무원이 얻기쉬운 직업병
※ 일반화 아님 주의
1. 방광염
아직 멀었나?
원인 1. 대기가 많을 땐 화장실 가기도 어렵다.
2. 대기가 0이 되어도 민원창구 직원 전부가 동시에 자리를 비울 수 없어 타이밍을 잘 잡아야 함.
재직 중 2번 걸렸죠
너무나 TMI
대기가 0이 되었으니 이제 화장실 좀 가볼까…?!
헉!
우드득
2. 요통
+거북목
3시간 만에 일어남

스윽
※ 급할 땐걍
'어떻게
오셨어요'
안녕하세요.
어떤 업무
도와드릴까요?
3. 인기척에 매우
민감해진다
(+민원 응대 멘트 자동 재생)
놀래라
나… 나야
이것 좀
먹으라고…
머쓱
고…
고맙
전방 120° 범위
오감 발달
대기 민원
숫자
4.
0이 1로 보이는 현상
1이닷
번호 호출기
눌러서
호출
딸깍
또
헛것을
봤군요.
어쩜
좋아요~
1이닷
딸깍
우리
어쩌니…
TT

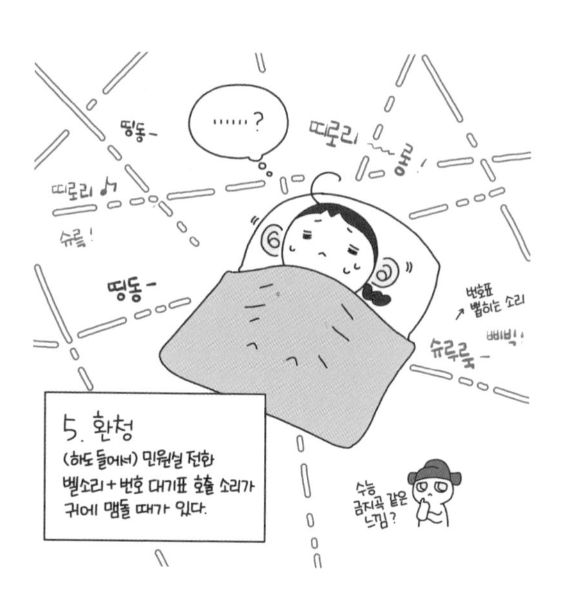
……?
띵동~
띠로리
띠로리 ♪
슈륵!
띵동~
슝~!
번호표 뽑히는 소리
삐빅!
슈루룩~
5. 환청
(하도 들어서) 민원실 전화 벨소리+번호 대기표 호출 소리가 귀에 맴돌 때가 있다.
수능 금지곡 같은 느낌?

6. 특정 단위의 암산 능력이 발달
등본 2통 초본 2통 인감 2통 가족관계증명서 1통… 3,800원 입니다~
네.
등본400원 초본400원 인감600원 …
척
※ 단위가 달라지면 무용지물
(금액대조차 가늠이 안 됨)
얼마쯤 일까?
삑

7. 언제 어디서든
서명은 정자로
가입 원하시면
서명해 주세요-
네!
사인하셔도
되는데…
꾹꾹
각종 업무 시
서명을 정자로 받는
경우가 많아 생긴 습관
휘릭
(서명 또는 인)
(서명 또는 인)
일반적 사인 sign
또박 또박
정자 正字로 서명
(알아보기가 쉽다)

8. 언제 어디서나
신속한 수저 세팅
파파팟!
뭐 드실
래요?
J주임
뭐 먹을래?
전 김치
볶음밥이용.
음
순두부?
뚝불
이요.
습관적 의전儀典병인 듯

※ 반대의 경우
전화 통화보단 문자·메일이 편한 전화공포증(소심증?)이 있었는데
여여여 여보세요…?
두근
두근
중요한 통화는 시나리오 준비
근무하기 전

근무하면서 (강제) 완치중
하하하
아이고 쥠님~
바쁘시죠?
전산 확인 하나만 좀 하하~
하하하
아예, OO구청인데
혹시 OO업무 담당자 자리에
계실까요?
(업무 확인, 민원 전화는 물론 여기저기 물어물어 처리해야 하는 경우가 많다)
얻는 게 있으면 잃는 것도 있는 법
좋은 건가?

미어캣 모드

어느 날 동물원에 가서
봤던 미어캣
귀엽다 …♥

두리번
두리번
불안한 눈빛과
그걸 지켜보는 나
다크서클
같이 보임
그런데
뭔가
낯익다?
예의바른 손

어디선가
아무개구청
만족도최우수
살맛나는 아무개
민원봉사과
□ 통합민원
- 등·초본, 인감 발급
□ 여권신청·교부
- 여권 신규 및 갱신
□ 가족관계등록
- 가족관계등록·변경
□ 일반민원 · 정보공개
본 것 같은…
그것도 자주

미어캣 모드
이거닷
비슷해!
두리번
두리번
흘끔
흘끔
안녕히 가세요~
다크서클
공손
※ 대기가 있는지를 늘 살피고
신속하게 호출해야 한다.
대기가 길어지면
경을 치기 때문에 민원
발생의 소지가 있다.

아니,
미어캣처럼
귀엽다는
뜻이 아니라요….
이건
신문고
감이다
구바에서
끝날 일이
아니네
오해셔요
질
질
질
구바: 구청장에게 바란다

3부

과거서류철
공사
계약

소시민J는
열일 중

통합민원창구
……
……
……
타닥
타닥

오늘은 꽤……
민원창구 직원이
헉

'오늘은 손님이 많지 않다'는 요지의 발언을 하면

안 돼…!

한가한 것 같아요-.

아아아

이런날도 있네요♥

해맑

이것이
통합 민원대다!

★ 대기번호가 뜨는 곳
※ 한군데만 보고 있으면
다른 창구에서 번호를
호출해도 놓치기 쉽다!
띵동-
100
띵동-
서류가 나오길
기다리며
모니터 뒤편 등에 더덕더덕
붙은 안내문을 보면 좋다
(대부분
유익한
내용)
앞에 민원인이
없더라도 대부분
뭔가 처리 중
(온라인민원, 공용
발급, 자료제출…)
★ 직원 : 멍해 보여도
나름 열심히
하고 있다TT
★ 번호표의 산 :
그날 직원의 실적
짐작 가능 ㅋㅋ
★ 이웃돕기 모금함 :
감사합니다 ♥
★ 지문잉크클리너 :
마법의 물티슈
청소용으로
좋을 거 같다…
* 수수료
면제대상
미리 말씀
해주세요~
등초본, 가족관계
증명서 수수료
· 무인발급기
이용시 50%
· 인터넷발급
수수료 무료
★ 서류발급기
비싼 몸값을
자랑
번호 호출기→
바짝
마른(…)인주
★ 지문인식기 :
각도를 잘 맞춰 대는 것이 포인트!
(X)
(O)
★ 서명패드 : 등초본, 인감
신청 시 서명하는 곳
※ 사인 X 낙서 X
이름 석 자를
써주세요~
★ 서명기전자펜
※ 이걸로 신청서
쓰시면… 안 나와요…
(불량 아님)
★ 볼펜 : 이걸로
서명패드에
서명하시면…
잘 안 지워져요…
TT

평소의 휴일
다음날(≒월요일)보다
긴장감은 배가된다.

평소 대기량의
3배를 각오해야 한다.
화장실도,
간식도,
물 마실 시간도
사치!!
띵동-
띵동-
띵동-
띵동-
띵동-
으아
네
으아아
으아아아
대기 20
아니
왜 이렇게
오래걸려?
어휴~
아직도
멀었네.

민원량 보존의 법칙
공휴일이 있거나 어쩌다 민원인이
적은 날이 있었다면 다른날 반드시
민원량이 폭발한다는 이론.
학계의 정설 아님 주의

어느 날, 타 부서에서
걸려온 한 통의 전화
여러 부서를 돌면서
초등학생들 공무원
직업 체험을 진행할
예정인데요 ~
민원실에는
목요일 10시쯤 가도
괜찮을까요?
아 - 네네,
괜찮을 것 같아요
네, 그럼
목요일에
뵙겠습니다.

목요일 10시
괜찮네요!
하하~
그러게.
월요일, 화요일은
좀 위험하지만
목요일은 뭐 ~
화 기 애 애

안 괜찮네?!
띵동~
여러분~
여긴 좀 어렵겠어요…
다른 과로 가죠.
아비규환
사실적인
직업 체험이기는
한데…
아……
띵동~
띵동~
으아아
으아
아
엥~?!
띵동~
아휴~
왜 이리
오래 걸려~
뭐야,
여기
무서워.
등본 하나
먼저 좀
합시다.
차례
지켜.

오늘의 교훈
민원대 상황은 예측 불허
그리하여 번호표는
그 의미를 가진다-.
어린이 여러분
죄송합니다…
굽신
굽신

오늘의 운세
오늘의 행운의 장소 : 관공서에 가면 뜻밖의 행운이 !!

오

직장이 관공서인 게 이런 장점이

직쏘보다 무서운 것

주말에
<직쏘>를 봤다
Jigsaw. 2017
케이블에서
해줌
I wanna play the game
쏘우 시리즈
옛날에 열심히
봤는데…
근데 직쏘
OOO 아니었나?
↳ 스포 방지
아작
아작
게임을 시작하지!
TV
포키칩
그런데
꺄아아악
도움!
도움!
안돼! 안돼!
드륵드륵
철철
헤…
한들 한들
너는
삶을 소중히
여기지 않았지…
예전보다
무섭지 않았다.
나이를 먹은 탓인지

안녕하세요.
J주임님 직소민원실
인데요~ 혹시 오전에
OOO 민원인 업무
주임님이 처리하셨어요?
헉!
아… 네…
제가 처리해
드렸는데… 무무무
무슨 일로 거길
시… 심장이
직쏘 보다
직소민원실이 무서운
공직생활 N년 차
※ 직소(直訴)민원실 : 민원인이
부서를 통해 해결되지 않는(규정대로는
완료가 어려운 복잡한 민원인 경우가 많음)
민원을 기관장 등에게 직접 제기하는 민원상담실
→ 직원의 업무 처리에 불만이 있는 경우 찾기도…

주민센터에
협조 공문을
뿌려야지.
대기가
없을 때
얼른
이러이러하니
협조하여 주시기
바랍…니다….
토도독
톡톡

다 됐다♥
상신 완료…
응?
딸깍

제 목 민원처리 개정사항 알림

ㅇㅇㅇ와 관련하여 ㅇㅇㅇ하였음을
알려드리오니 각 동 무민센터에서는
업무 처리에 차질이 없도록 적극 협조
하여 주시기 바랍니다. 끝.

팀장님
J주임- 결재 올릴 거 있다고?
올렸어? 바로 해줄게.
앗, 아…음…저 …넹…
딸깍 딸깍 딸깍 딸깍
이게 왜 아깐 안 보였지~!!
헉!
빛의 속도로 회수+수정 +재기안

아이구~
그새
번호가
쌓였
어떤 업무
도와드릴까요-
띵-동
123
인감 한 통
주세요.
…근데…

참고 : Moomins on the Riviera, 2014
동무민센터
내가 낸
오타지만
좀 귀여워…!
담당 업무는
귀여움인
걸로

좋아하는 숫자가
뭐냐는 질문을
받게 된다면
0입니다
이유는…
어…잠시만요
안절
부절

민원창구
공무원 J….
띵
동
안녕하세요~
※밖에선
해당 순서,
안에선
대기인 숫자가
표시됨
바운스
대기숫자와
심장 박동의
상관 관계
숫자
대기숫자가
0이어야
마음이 안정되는
경향이 있다.

5월...
하늘도, 푸르르고...
산도
흡연·취사금지
-공원녹지과-

〈구청 뒷산〉

특정 부서
눈밑도 푸르딩딩...
※ 5월엔 축제나 행사가 많아 관련부서 업무량이 폭증하는 경향이 있어요.
안녕하세요...
네, 안녕하…
어머나
드르륵
드르륵
문화체육과 직원들
ㄴ 문화관광과 등 기관마다 명칭 차이 있음
여러모로 신록의 계절

11월 즈음의
민원창구는
축열식 돌찜질기

미니 전기히터
등받이로도 쓸 수 있는
2인용 전기방석

그 외

등등

각종 난방용품
봉인 해제 중

월요일 아침
AM 8:40
주말 잘 쉬었어?
네! 잘 쉬셨어요~
주말 왜케 빨리 지나감 하루만 더 쉬었으면 월욜부터 이렇게 피곤해도 괜찮은 건가??
서울신문

오전
AM 11:20
점심은 11:30 ~ 13:00 사이에 2교대로 (민원대라)
점심은 과장님이 추어탕집 가자시는데 괜찮지?
아 네~ 괜찮아요 ~~
추어탕 시러시러TT
12시로 예약한다
띵동-
그러나 구내식당도 안 끌림 + 바깥 공기도 쐬고 싶음

점심식사 후
PM 12:45
맛있게
드셨어요~?
네~
잘먹었습니다
사실은
추어탕 맛을
잘 모르는
1인입니다요.
희생을
헛되이 만들어
미안…
누룽지맛
사탕
포장판매
OK!!

오후 근무
PM 3:00
결재 올린 것 말인데
이 부분을 다시
고쳐보는 게 좋겠군.
네,
알겠습니다.
고치라해서
이미 고친 것인데
또 고치라 하시면…!
파닥
파닥
띵동 -
과장님
한편으론
밖에서
들리는 띵동
소리에
노심초사
띵동 -

퇴근 시간
PM 6:20
내일
뵙겠습니다
-!!
내일 봐-
내일
급 휴가내고
싶다…
방전

신이시여
사회가 절
이렇게
만들었나이다…
부디
용서해
주세요
참회
정직하게
살고 싶었는데
거짓말
너무많이
하는것같아…

평일이지만 연차!
J는 자유예요…!!

일찍 일어나서
은행부터 들러
이것저것
묵은 일을 처리하고
안녕하세요… (수줍)
네~ 어떤업무 도와드릴까요?
은행 창구 가면 약간 동질감 느낌
몇 달째 뻐근했던
목이랑 어깨
물리치료도 받았다.
ㅎㅎ
어깨춤이 절로남
찌릿
찌릿

백화점에 가서
맘에 드는 봄옷도
하나 사고
가보고 싶었던
디저트 카페도 왔다.
너무 맛있다
날씨까지 좋아.
….
평소 같으면
번호표가
날아다니는데
꽃잎이 ㅎㅎ
이 시간에
번화가를 돌아
다닐 수 있다니
너무 좋아…!
완벽해…!
너무 완벽해서

마치
꿈만 같아….
함냐
……?

비몽사몽
….?…
…..?
……

현실 인지 완료

연차 다음날
출근했을 때
무슨 일이
있었던 거야?
알고 싶지
않아 ~~
에그머니!
부재중전화
표시 최대 기록
16건
깜빡
깜빡
타 부서,
민원 문의 등
각종 메모들
급!
긴급
자료
하루치
서류
두
둥
어제의
잔해들
뭔가를 급히
찾아본 흔적
사이코메트리
능력 없어서 다행…

녹즙 여사님께
연차 미리 말씀
안 드리면
터지기 직전의
녹즙도 추가!
빵 빵

공무원 시험을
준비하며 생각했던
공무원의 직업적 장점

1. 정년이 보장되는 안정성
2. 칼퇴로 가능한 워라밸
3. 낮을 듯한 업무 강도

일단 일찍이 어떤 트위터의 현자가 남기신 격언에서 알 수 있듯이…

아, 제 주변에서
그런 사례는
전-혀 없었지만!
듣자 하니
그런 경우가
있다고들?

가늘고 길게
가고 싶긴 한
게로구나…

세상에!

주임님들
사랑합니다

하트
뿅뿅~

안쓰럽다야~

직업 안정성 + 지방직 특성
= 고인물 파티로 인해
갈등을 피하려는 성향이 커져
나타나는 부작용

해설

그리고 '평탄하게 쭉 가는'
의미에서의 안정성을 생각했다면
순환보직이라는 함정을 만나게 되는데…

현재의 자리가 싫은 경우엔
인사발령이 한 줄기 희망이
되기도 한다.

그러니 꼭 나쁘게 볼 수만은
없지만… 업무적으로
부담이 되는 것은 사실이다.

내일은 복지시설
리모델링 공사 계약을
체결해야 한다던가.
하도급요건
확인해봤나요?
시방서
검토됐나요?
로이유리
24mm로
변경이요.
안전 제일
그게
뭔가요
시방?
공사계약
실화였다.

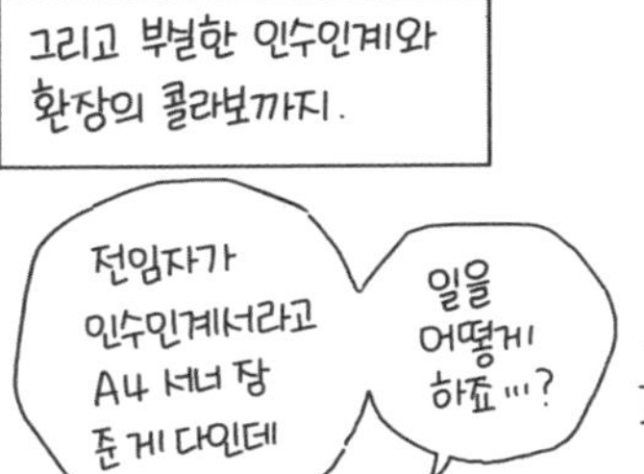
그리고 부실한 인수인계와
환장의 콜라보까지.
전임자가
인수인계서라고
A4 서너 장
준 게 다인데
일을
어떻게
하죠...?

이야~ 축하합니다
천사를
만나셨군요!!
당신은 행운아
지방직
인수인계
엉망
이라더니
심하네.
짝
짝

발령이 나면 당분간
아는 게 없는데 담당자=나를
찾을 때의 공포를 각오해야 한다.
※통상 인사발령 시기
※ 1~2월, 7~8월쯤
'어쩐지 업무를 잘 모르는 것 같아 보이는'
직원을 볼 확률이 높습니다.
확인해보고 연락드려도 될까요 ㅎㅎ
주임님~ 바쁘세요? 저 하나만 여쭤봐도…
팔락
팔락
구조적 문제가 크죠.
PUBLIC SERVANT
Discovery
explosion

안정적인 게 꼭 장점만은 아니고
① 무임승차자 발생 & 방임
② 업무 안정성 & 연속성 저하
우려가 있다는 얘기네요.
공시생 직업병
그래도 워라밸은 있죠? 공무원 하면 9 to 6 이잖아요.
저녁은 집에서 먹고 취미생활도 좀 할 수 있으면 좋겠는데.
소곤 소곤

민원창구의 경우
특별한 일이 없으면
칼퇴근이 가능한 건
맞습니다.
저 작은 글씨
무엇?
이렇게
만화도 그리고
감사한 일이죠.
발령나면
못하게 될지도…
백퍼라기엔
변수가 많아서…

민원창구의 장단점은
비교적 명확한 편
업무 시간에는
정신없이 바쁨 &
민원 최전방
VS
퇴근은 제시간에 &
퇴근 후에는 업무로
신경 쓸 일이 별로 없음
세금으로
월급…
융통성이
있어야…
귀에선
피가
상급자
나오라 그래
눈에선
물이
그 말
책임질
거야?
크어허-
지쳐서
자느라
신경을
쓸 수 없는 건지도
후

그러나 같은 민원창구 담당자라도 각 지역 인구 수, 유동인구,
민원창구 직원 수 등 제각기 근무 여건은 저마다 다를 것이고

그전까진 꽃보직이었어도
법이든, 시대적 요구이든,
여건이 달라져 헬보직이
되는 경우도 있는 걸 보면
그냥 복불복
인 것 같기도?!
느낌이
안 와.
센터
치행정
총무과
고통지

힘든 자리 가면
언젠가 딴데 가면
칼퇴도 하겠지~하며
살아야지 뭐….
만족하며
잘사는 분들도
많은데.
너무 힘든 점만
부각하나
싶기도 하고…
끼익…
왔어요….
PM 11:00

씻을게요…
......
......
쑥갓 축제!

잘게요…
아… 인사발령
날 때마다 핫플로만
옮겨다니는 우리 집
~~하숙생~~ 남편이구나?!
얼굴 보기
힘들어서
까먹었
쑥갓 쑥쑥!
잘 자요….
고생했
어요.

쯧쯧…
나도 자야겠다…
웅
웅웅
웅 웅웅

제설 2단계
비상근무 돌입
B조 정위치
근무 바랍니다.
ㅡ 재해대책본부
갔다 올게요…
심지어
B조인데
야근한 거임?
낼 아침에
보고할 게
있어서
다녀와….
고생
하겠네.

이 정도로는 정리할 수 있지 않을까 합니다.

연 번	공무원이란 직업에 대한 기대
1	오직 안정성만 보고 간다! 정년까지 일할 수 있다면 다른 건 필요없다!

연 번	공무원이란 직업에 대한 기대
2	무조건 칼퇴! 퇴근후 시간은 온전히 내것이어야 워라밸이 1순위!

연 번	공무원이란 직업에 대한 기대
3	떼돈을 벌고 싶다!

절대 하지 말라는 건
아닌데… 잘 좀
알아보고
하란 말이야…
그러니까
좀 더 신중하게
생각해 봐…
네?
툭
툭

드라마를 보다 보면
이런 장면이 종종 나오는데

신고서 다 써왔어요!
이혼하러 왔는데요!
네? 아…
와아~ 연예인

일단은 옆 창구로 가셔야 하는데… 혹시
법원에서 확인서등본… 받아오셨나요…?

……
법원이요?

구청에
신고서만
내면 되는 거
아니었어?

법원
가야 돼요?

네…

구청에 (동사무소 ×) 이혼신고서를 내는 것은
드라마와는 달리 이혼의 마지막 절차에 가깝다.

아마 혼인신고는 신고서 제출만으로
끝이라 그렇게 생각할 수도 있을 듯하다

호주제가…
폐지돼?

네… 가족관계
등록부로 바뀌었어요~

언제…?

2008년에요…

그럼 호적은…
아들 파버려야
되는데

친자가 맞으시면
가족관계 등록부에서
삭제는 안 됩니다.

실제로 종종 있는 일이라 드라마 볼 때 잠깐씩
몰입이 안 되기도 하지만 드라마적 허용이려니 한다.

돈은 있다가도 없고 없다가도 생기는 것이다.

일이 아니라 사람이 힘들다.

아침에는 입맛이 없다.

운동을 하면 체력이 강해진다.

연휴가 너무 길어도 지루하다.

피할 수 없으면 즐겨라.

공무원 일 중에 민원대 일이 제일 쉽다.

웃는 얼굴에 침 못 뱉는다.

임용 후 1, 3, 5년차가 고비다.

<이런 제도 있으면 좋겠다>

1. 인수인계 의무화

2. 동 주민센터에 청원경찰 상주

4. 일부이기는 하지만,
일 안 하는 베짱이 직원 불이익 주기

5. 일부 무서운 분들로부터
직원도 보호받을 수 있는 장치

그러나 이것들보다도

그 필요성이 매우
시급하다고 생각합니다.

일하면서 기뻤던 순간은 언제인가요?

…이 아니라
관리가 추가된 듯한…
종이 걸렸어요 ~
팩스 안 되는데요.
출력 안 되는데? 여기 봐주는 사람 없어요?
넵, 갑니다 ~~
주임 니이이임
띵동 띵동
이럴때 대기가 몰리면 아수라행
민원벌 - 팩스 복사 - 무슨 일이 생기면 ♪
결과는 모르겠고 처음에 기뻤던 건 사실입니다.
어리석었어

구의회 기간마다 의원별로 내려오는 자료 요구
과서무 자료수합 담당
메일 확인하시고 제출기한 지켜 주세요 ~~
나한테 뭐라고 하지 마 ~~ 나도 토끼 같은 자식이 기다린다는
이건 보조자료 목록~
From 과장님
꼭꼭
△△△ 의원요구자료
□□□ 의원요구자료
○○○ 의원요구자료
이것은 소리 없는 아우성…

요구 목록에 기적처럼
내 업무 관련내용이 없을 때
내 꺼 없다
살다 보니 이런 날이
착하게 살겠습니다
푸풉
부들
표정 관리 중
부들

간혹 찾아오는 초고난도의
지문 확인 작업
모처럼 피가 끓는구만
선 자체가 흐리고
끊김,
닳음 많고
흉터로 인한 라인 소실
한 번도 지문 인식이 되어본 적이 없어~ 안 돼 안 돼
네… 해봐야죠.
일을 많이 해서 그렇지 뭐 내 팔자야
단골 멘트

입김 한 번 만요
3시 방향으로
조금만 위치
바꿔주세요!

위로
좀더 눕혀서
바짝
붙여보세요!

TIP

물티슈로
닦으신 다음
비벼서
수분 좀 날리고
올려보실까요?

완전 축축해도
안 되고 건조해도
안 되거든요.

한 번만 더
해볼게요
선생님.

삐빅

지자체마다 다르지만
우리 구엔 예약제로 시행하는
<야간 민원>제도가 있다.
오늘 당번이구나 수고~~
주임님 내일 봐요~
오늘의 당번
정해진 요일에 밤 9시까지
민원창구 직원이 순번제로 근무

아, 오늘 야간민원 예약하신 OOO님 이세요? 네네!
··· 아 사정이 생겨 못 오신다구요. 네, 알겠습니다. 괜찮습니다! ㅎㅎ
네~ 예약하신 □□□ 선생님. 아, 못 오세요? 아닙니다 ㅎㅎ 알겠습니다!
넵, 예약 취소해드리겠습니다...
·······.
어?
무슨 날인가?
예약

야간 민원
당번인데
나 퇴근
하는 날~~~
전무후무한
날이었다.

그 외에도…
업무 시간에
수방이나 제설대기 근무
내 순서가 지나간다던가…
너무
좋다
저기요…
질문의 취지가
그게 아닌 것
같은데.

뭔가 민원인의 고충을 해결해드리고 보람을 느꼈다든가…,
지역 발전에 이바지하는 뿌듯함을 느껴 공직에 들어오길 잘했다는 생각이 들었다든가….
그런 건 너무 당연한 것 아니겠습니까.
어머
헐
그런 거였어?
굳이 말할 필요도 없죠.

그림은

그릴수록
조금은 느는 것 같다.

공문 쓰기, 민원 안내도

특별한 케이스가 아니면
제법 익숙해졌구나 싶을 때가 있고

운동도 베이킹도
우
엑
그래도
어제보단
1초 더…했…
내가 만들었지만
맛있어…!
자꾸자꾸 하다 보면
아주 조금씩이라도
나아지고 수월해졌는데

그런데
어째서

<산다는 것>은
언제까지나 서툴기만 한것일까.
만년 쪼렙 느낌
내일 월요일이라 이러는 거 맞음…

4부

어머
어머
아유 - 내말이
그러니까~
웬일이야~

소심한 일상 속
이런저런 생각들

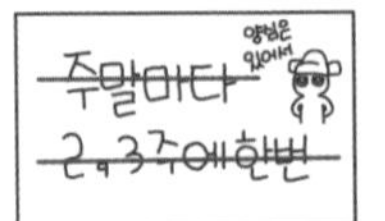

…한 달에 한 번 정도
가까운 산에 가는데

산의 빛깔이
확연하게 달라져 있어서

뭔가 신기하고 대단하다.

산은 늘
오길 잘했다는
생각이 드는 곳

지하철에서
서서 갈 때
덜컹 덜컹

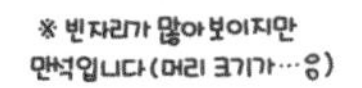

※ 빈자리가 많아 보이지만
만석입니다 (머리 크기가…응)

움직

그래서
지하철에서
앉아 갈 때는

옷자락을
깔고앉아서
영 불편…
하지만
고쳐앉느라
움직이면
앞에 서계신 분께
본의 아닌
희망고문이…!

실망시키고
싶지 않아…
딱히
신경
안씀
부동
자세
되도록 한 자세를
유지하고자 노력함

지방직 공무원은
관내에 거주하는
경우가 많아서
지역, 기관에 따라
다르겠지만…
관할의
경계
구청
관내 거주
체감 110%
관내
관외
관외 거주
30% 쯤…?

퇴근 후에도 언제
어디서 마주칠지 몰라
조심스럽다.
앗
안녕하세요~
장 보는 중
과자
사줘
어제 저녁에
OO에서 △△먹었지?
지나가다
봤어~
앗 넹 ㅎㅎ
새로 생겨서
가봤어요~
거기
맛있다며?
아침의 흔한
탕비실 대화

그날 따라 왠지
아는 사람을
만나고 싶지 않아서

평소 잘 안 다니는
길로 퇴근하던 중…

어머어머
누… 누구지
낯이 익긴 한데…
다른 부서 주임님인가?
저토록 반가워하다니
못 알아보는 게
미안할 정도
본인의 안면인식 능력에
자신이 없다.

이…일단
인사를…
인사성은
밝은 편
아…
안녕하시…
영혼이
너무 맑아~!!
공손
꺄아

그런 말
많이 듣죠!
조상님의 은덕이
아주 깊으시네~
혹시 동양철학
관심 있어요?
우리 어디 가서
얘기 좀 해요~
푸스스
동
동

청소를 하다가
사놓고 까맣게 잊어버려서
지급 기한이 지난
로또를 발견했다.

분기에 한 번 정도
청소에 꽂힘

ㄷㄷㄷㄷㄷ
괜히 맞춰봤다가 당첨됐기라도 하면
Lotto 제0000회
평생 땅을치고 후회할 테니 그냥 버리는 게 현명한데…
그러면서 맞춰본다

움찔

촤—
와—아
꽝이다!
편-안
왜 기뻐 하는 건데?
스릴만점
5천 원의 행복

1. 출근길에 탄 택시
기사님이 날 알아보실 때
엊그제도 이시간에
구청 갔던 아가씨네~
또 보네?
앗⋯저⋯
음넹⋯하하
넵!
그게 바로 접니다
이틀연속
늦잠을

2. 택배 문자 왔는데
뭔지 모르겠을 때
뭐지
뭘 산 거냐
과거의 나
-오늘 17-19시
OO 택배 배송
예정입니다-
기억이
나지
않아요⋯

3. 살 빼면 입으려고
샀던 옷들 택째로
발굴할 때
아동복이야
뭐야
+ 반품 귀찮아서
쌓아둔 옷
+ 무슨 생각으로
샀는지 이해가
안가는 옷
+ 지독한
톤그로 옷
+ 운동해보겠다고
샀으나 여러 이유로(…)
입을 수 없는 레깅스

4. 열심히 모아 받은
커피 쿠폰 기간 만료로
날릴 때
기한이
어제
였다니!
별12개적립
무료쿠폰
사용기한 만료

5. 음식물 쓰레기
버릴 때
웬 검은
죽이…
원래는
뭐였는지
짐작도
안 가네.
흐물
흐물
음쓰봉

6. 굿즈가 탐나
지른 책이 한무더기
(읽지 않음")
헤헤~
이쁘다아
소복-
(먼지)

7. 나도 모르는 사이 장보는
인터넷 쇼핑몰 · 배달앱
등급이 올라감
지난 달 등급 UP
기준이 충족되어
VIP 등급 쿠폰이
발급되었습니다!
내가 이걸
다 먹어서
없앴다고…?
왐마…

8. 매년 이벤트 등으로
어렵게 받은 다이어리
결국 안 쓸 때
받았당!
NEW!!
작년에 커피
17잔 먹고 받은
다이어리
어떻게
사랑이
변하니
※ 새거야
1분기 정도만 사용

에헴
그간의 연구 결과를 발표하겠습니다…
찰칵
찰칵
다이어트 부작용

대체로
살이 찔 때는
복부부터 찝니다.

……
위기감에 다이어트를
하면… 뱃살은 더디게 빠지고
얼굴이나 가슴이
쑥쑥 빠집니다.

그래서인즉슨!
다이어트를
하면 할수록
배만 나오게
되는 것이죠!!
뫼비우스의
배
급흥분

질문
있습니다.
개인차가
클 것 같은데
주장을 뒷받침할 만한
근거가 있습니까?
물론이지요!
좋은 질문
이에요!
맞아
난 허벅지가
제일 안 빠져
난 팔뚝!
털
털

평생에 걸친
연구의
증거를
훌러덩!
공개
하겠습니다!

짝 짝 짝
"오오"~~
인정
인정
학설은
모르겠고
뱃살은
제대로다.
척!
어머
대박
짝
짝 짝 짝

인정
받았는데
하나도
안 기뻐…
치.

1. 매년 커피 전문점,
인터넷서점 등의
다이어리 이벤트
소식이 들려올 때
올해는 여기 꺼가
이쁘고만.
오늘부터
도전!
벌써
연말인가?

2. 한 달에 한 번 하는
업무가 돌아올 때
ex) 타기관 수수료 정산,
월보 입력 등
또 때가
되었군…
근데 이
300원
뭐지?
톡
톡

4. 행정 시스템 한 달마다 로그인 비번 바꾸라할 때

5. 주말…

째깍 째깍 째깍 째깍 째깍 째깍

뭐 했다고 일요일 밤이냐…

6시간 후 출근…ㄷㄷ

아, 1분 지남

5시간 59분 후 출근이네.

1. 인사 다 했는데
신호 대기걸릴 때

1초가 영원 같구나

저녁을
먹은후 가끔…

집 근처
학교 운동장을
걷곤 한다.
가면 괜히
반가운 존재들이
있는데

매일 같은 시간에
만나서 운동하시는 듯한
어머님들
어머 어머
아유-내말이 그러니까~
웬일이야~
이야기 꽃
30분은 걸으시고
30분은 수다떠시는데
그 점이 귀여우심

2년 전 처음 운동장에
오셨을 때는 지팡이 없이는
걷기 어려우셨다는
어르신

지팡이 없이
천천히 걸으시는
모습이 보기 좋다

각자 구역이 있는 듯한
터줏대감 고양이들
수돗가 옆 화단
...
서루(떡)
촥
말랑(카우)
철봉 모래밭근처
(백)설기
혼자만의 내적
친분으로 속으로
이름지어 부름
여기가
무릉묘원
인가요~~

그리고 해질녘
핑크색 구름과
여름밤 냄새

해질녘의 풍경
착
그만 들어갈까?
그래
내일 또 봐요-
평화롭구나♥

카드 결제일을 맞이하여
월급 셰이크!
…를 만들어보아요
FLOUR
준비물 : 직장인

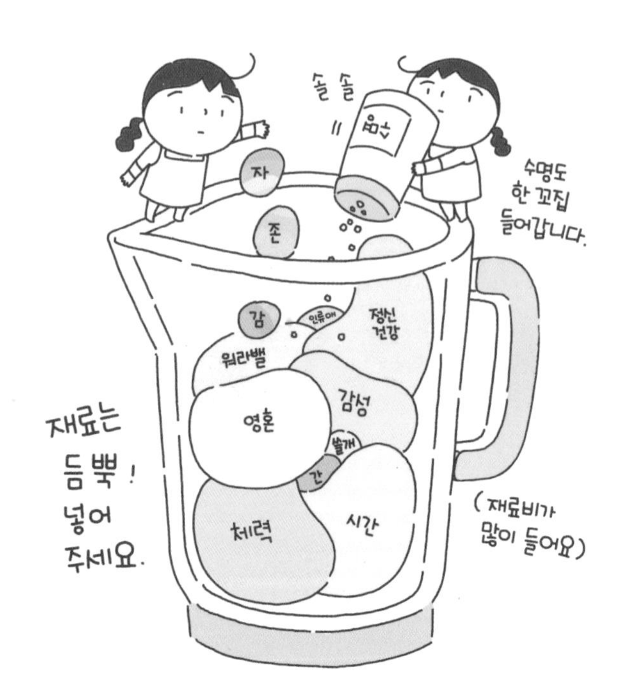
솔솔
자
존
수명도 한 꼬집 들어갑니다.
감
인류애
정신 건강
워라밸
영혼
감성
쓸개
간
체력
시간
재료는 듬뿍! 넣어 주세요.
(재료비가 많이 들어요)

<자아실현> <사명감>
<보람> 같은 재료는
넣으면 만들기도
수월해지고
여러모로 좋지만
은근 구하기가 어렵고
구해도 보관이
까다로워서
못 구했을 땐
생략을…
근데 결과물이
크게 다르지는
않더라고요

위잉 위잉 위잉
재료를 모두 넣고
갈아줍니다.
……
휴

윙 윙 윙
계속
갈아줍니다.
.....
핼쑥…

윙 윙 윙
계속…
갈아줍니다.
.....
왜 이렇게
피곤하지?
생기
호록!

쪼로로
충분히 갈렸으면
잔에 따라봅니다.

쪼록!
완
성
월 급
참 쉽 네!

재료 대비
양이 적은 거
같은데 기분
탓인가?
?
알 수 없는
신비한 과정
원
샷!
쭈욱

왜
먹은 거
같지가
않은 거죠…?
만드는건 한달
먹는 건 호록
후후 맛있다
야매
입니다…

1. 영수증, 택배 운송장 등은 절대 대충 버리지 않는다.

비록 청내에선 개인정보가 공공재라지만 무서운 세상이지 말입니다…

드드드드드드득

일정 기간 모아뒀다 파쇄식 거행

큰맘먹고 구입한 가정용 파쇄기

3. 전단지 거절 못함
....
좋을 때도 있음
행주! 물티슈! 휴지!

4. 업무상 필요해서 하는 검색도 과장님이 뒤에 계시면 괜히 눈치보인다
서무주임 그때 그거 확인됐나~~?
초조…
NAVAL
아 네! 과장님 그게…
뭐? 아직~?
왜 하필 제 뒤에서
탁탁

5. 더 주신 반찬은
다 먹으려 노력한다
일부러
더 주셨는데
남기면
실망하시겠지…
더 필요하면
말씀하세요.
아…
아닙니다.
꾸역
환경에도
안 좋고…
근데
배불러ㅠㅠ
꾸역

6. 가게 안에 다른 손님이
아무도 없으면 못 들어가겠음
구경하고
싶은데
매장이
너무
적막
흠칫
들어가면
단 둘뿐…
맨투맨
마크…
부끄

7. 상품 설명이 길어지면 초조해진다
특별히 찾으시는 제품 없으시면 손님, 이번에 출시된 신제품인데요 ~~ 프랑스 피부과학연구소가 11년간 연구해서 피부 보습과
노화에 탁월한 효과가 있음이 검증된 성분이 0.008% 함유되어 있고 3개월간 아시아 여성들을 대상으로 한 임상실험 결과 효과가 입증되었구요, 부스터 역할을 하는 이 제품과 함께 사용하시면 블라블라
손등에 테스트 해드릴게요 ~
앗… 아니 저… 음넹…
그냥 둘러보던 중

8. 사무실 냉난방기에는 되도록 손대지 않는다
하필 자리가 에어컨 명당
근데 난 수족냉증
그래도 끄자고 할 순 없지.
슈와아아악
주섬 주섬
여름엔 늘 얇은 긴팔 지참
오늘 덥네요
버스도 비슷
기사님 - 에어컨 좀 틀어주세요!
용자여, 감사합니다
누가 외쳐주면 고마움
겨울인데 날이 넘 푹하네 ~

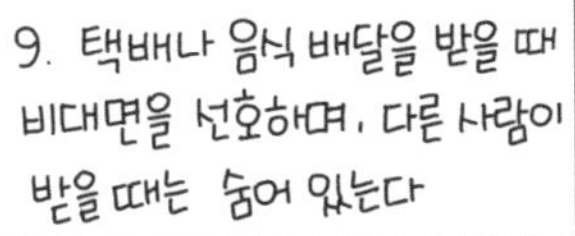
9. 택배나 음식 배달을 받을 때
비대면을 선호하며, 다른 사람이
받을 때는 숨어 있는다

J땡땡님
택배
입니다
~~.
네, 맞아요~
감사합니다.
택배당!
ㅎㅎ
왜 숨는 거야.
택배도
본인 꺼

10. 업무 걱정으로
잠 못 이룬 적 있다
끄응…
화내면서 가신 분
설마 구바 올리는 건
아니겠지?
※ 구청장에게 바란다
그 인감
대리발급
괜찮은
거 맞겠지…?
영 찜찜해
오늘 반려한 건
혹시 나 모르는 새
지침이 개정돼서
반려하면 안 되는
거 아니었겠지?
하도 자주 바뀌니 원
곰지락
내일 K주임님
휴가인데 제발
대직업무 대박
꼬인건 다른 때
와주세요 TT
대직자
나란 말임
그거
지문날인
받았나?
벌
떡!

결과 !
0개 : 해당 없음
세상 대범하신 분…!
존경합니다….
제자로 삼아주세요.
1~4개 해당 : 평균!
삐빅 정상입니다.
이 정도는 밸런스가 좋다고 할 수 있어요.
짝 짝
5~8개 해당 : 주의♥
다소 소심한 편이지만 그 섬세함이 도움이 될 때도 있을 거예요.
본인만 아는 피곤함 RG RG
9-10개 해당 : 파이팅…
빼배박 소심한 우리….
같이 힘내요 ㅠㅠ
서로 의지해요….
우리는 칭구칭긔~~
허위테스트 유포하지 마라.
말하지 않아도 알-아-
FIN

<카메라>
1. 폰 갤러리에 언젠가부터 셀카가 없다
croissant
......
왜 엄마가 사진찍기 질색하는지 알것같아.
찌익

내가 뭘 하려고 부엌에 가던 중이었더라…?
2. 일시정지 등 오작동을 자주 일으킨다
훌쩍
※처음있던 장소에서 되짚어와야 함.

3. 30대 초반 운동 선수
노장이라고 할 때
산전수전 다 겪은
노장 선수 …
후배들이 존경하는
대선배 …
TV
애기같은데

10대-
예쁜
학용품
4. 사모으는 물건이
예전과 달라졌음을 느낄 때
밤비♥
Bambi
20대-
예쁜 화장품
뭐가 또
부족하려나
현재-영양제로
뷔페 차릴 기세
※챙겨먹지 않음
Mg
Zn
프로바이오틱

5. 언제부턴가 친구들과의
대화 주제가 부동산과 주식
어디어디
청약
경쟁률이
역세권
신용대출
우량주 장투
초단타
용돈벌이
응응
(대충 알아듣는
척하면서
머릿속 꽃밭)
미국
주식

6. 더 이상 히어로가 아닌
행인 1, 경비원 1 등에 이입
꼭… 그렇게
다 죽여야만
속이 후련했냐
으악!
으아아
히어로와 빌런
사이에서
추풍낙엽
나가떨어지는 머글들
무슨
죄가 있다고~~

새해복많이 받고 건강한 한해 …
새해엔 좋은 일 가득하고 ~블라 블라~건강하자!
건강이 최고다 …
무엇보다 건강의 소중함 …
7. 언제부턴가 새해인사가 기승전건강

8. 잘생긴 연예인을 보면 그들의 여자친구가 아니라 어머님이 부러움
반짝 똘망
아이고 어쩜
얼마나 뿌듯하실까~

9. 꼰대로 보이지 않을까
언행을 조심하는 나를 발견
주임님, 이거 어떻게 하는 거였죠?
똑같은 거 여러 번 알려줬던 것 같은데 ……TT 그렇게 말하면 꼰대 같겠지?
아니, 그거요 …
해맑
1년차 직원 (10살 차이)

10. 더 이상 공포영화는
무섭지 않다
스멀 스멀
재네들이 훨씬 무서워-!!
담당자가 누구니
월요일
물가
인감 사고
구박
노후
일상이 납량특집
Hi~~
네네 뭐야 몰라 무서워 싫어

일요일 밤
12시
자야 하는데
잠이 안 와….
흑 흑 흑 흑 흑 흑 흑 흑
흑 흑 흑 흑 흑 흑
인터넷
무한
새로고침

ooo님이 sosimin_j님의
게시물을 좋아합니다.
뾰로롱~
흑흑…?

△△△ 님이 sosimin_j님의 게시물을 좋아합니다.
뾰로롱~♥
♡♡님이 회원님을 팔로우하기 시작했습니다.
뾰로롱~♥
......
....아
그런 건가

아마도 많은 사람들이 잠 못 이루는 듯한 일요일에서 월요일로 가는 밤
부디 모두모두 편안한 한 주 보내시길
화이팅...

어쩐지
길을 잃은 듯한
기분이 들 때가 있다.
이…
이 길이
아닌가?

그렇다고
정확한 길을
아는건 또 아니고
……
저 이정표
뭐야…?
쉬운길
그런거
없단다
되돌아가기엔
좀 많이 와버린 것
같기도 해서

어쩌다 가끔
길가의 꽃에
마음을 달래
보기도 하지만
어쩌면
생각보다
나쁘지
않을지도….
소속감
좋은 사람들
보람
인정
한 사람 몫을
하고 있다는 것

그것도 하루이틀.
화무십일홍이라
아니야….
이길
아닌 거 같아…!
후들
후들
이러다간
객사
하겠다.
아직 걸을 수
있을 때
돌아가야
하나 어쩌지….

다리 아파
배고팡…
Winter is
coming…
그렇게
헤매다 보니

월급
매달 20일
호다다닥

정근수당
1월 · 7월
호다다닥

명절 휴가비
설날 · 추석
호다다닥

직장인
헨젤과 그레텔 모드
N년째 발동 중….
과연 맞는 길이었을지
?
존버길에
오신것을
환영합니다
월급
성과금
오물
오물
혹은 그 길 끝에
마녀의 집이 있을지
……
아직 모른다.

5부

파
바박
고려사
고려국사
고려사절요
devoted
abundant
advocate
bestow
ceaseless
기본서
기본서
기출 10년치
기출문제

공시생
소시민J

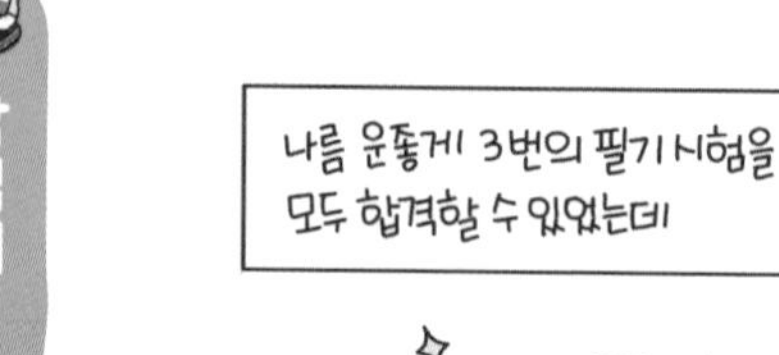

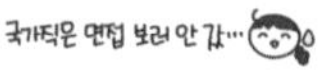

※ 지방직 & 서울시 필기시험 2019년부터 동시 실시

적절한 타이밍에
고장난 노트북

뀨?

통화와 문자, 카톡
정도만 되는 오래된
2G 폰

에구구~
배터리도
갈 때가
됐는데

공동수상
입니다-!!

수험 기간에는
거의 문명과
단절돼서

읍읍!

자체 청학동 모드로
지냈던 듯합니다.

요즘이었다면
종일 폰이며 아이패드며
손에서 놓지 못하고
나 간다!
시간
ㅎㅎ
꿀잼
TALK
TALK
순공 시간 아니고
순폰 phone 시간
1라시간 찍을 기세
제대로된 수험 생활이
불가능하지 않았을까….

그런 의미에서
요즘 수험생 분들
시간 잡아먹는 중
와구
우와앙
ㅠ-ㅠ
와구
저 요물들을
곁에 두고
어떻게
공부를 할까…
진심 리스펙…!

내게 적용하긴
불가능했다.

하루 12시간
찍고
이틀 앓아누움….

이틀 만에 책상 앞에 앉았더니 이틀 전에 12시간 공부한 것 1도 기억 안 남
순공 12시간은 무리다…!
시간 줄여서 하루 10시간 순공 찍고 하루 앓아누웠다 나옴
순공 10시간도 좀 무리다…!
9시간으로 줄여봤으나 앓아눕진 않는 대신 다음날 컨디션이 꽝
9시간도 약간 무리다…!
……
순공 8시간 찍은 다음날 컨디션 양호하고 집중도 잘됨
아
VOCA

BGM - Sanctus

깨달음…!

순공 시간
그 자체가
중요한 것이
아닌 것을…

내가
매일 지치지 않고
집중할 수 있는
적정선을 찾는 게
중요한 것…!

면접 스터디 말고는
스터디 참여나 실강 수강 없이
공부하는 방식을 유지했다.

모아뒀던 수험 비용이 바닥나기 전에 합격해야 했기 때문에 더 잡생각 없이 공부할 수 있었나 싶기도 하다.

합격 못하면 굶어죽는 거임

기본서

백척간두
百尺竿頭
극도로 위태로운 상황

휘오오오

다른 사람들의 공부 시간이나 방법에 휘둘리지 말고 내게 맞는 방식을 찾는 것이 수험 생활의 시행착오를 줄이는 길이 아닐까 합니다.

수험 생활을 할 때
빠지기 쉬운 함정이라고
생각하는 것이 있다.
공부 힘들다…
친구 만나고 싶어
영화 보고 싶어.
할 건 많고…
점수는 안 오르고…
하기 싫다아~
특히 합격에 어느정도
시간이 소요되는 경우

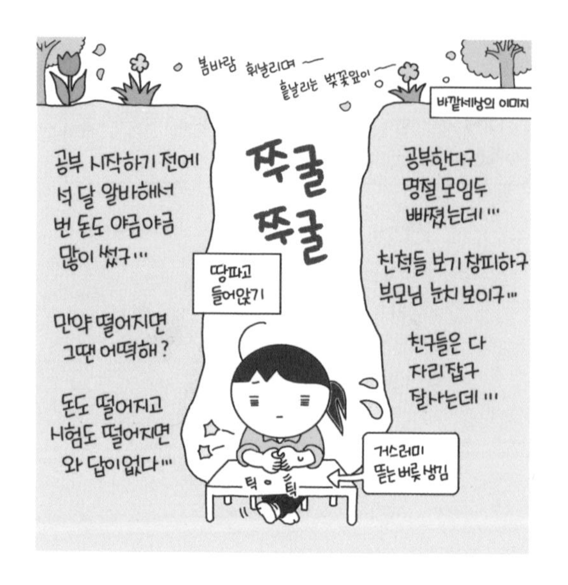
봄바람 휘날리며~
흩날리는 벚꽃잎이~
바깥세상의 이미지
쭈굴
쭈굴
공부 시작하기 전에
석 달 알바해서
번 돈도 야금야금
많이 썼구…
땅파고
들어앉기
만약 떨어지면
그땐 어떡해?
돈도 떨어지고
시험도 떨어지면
와 답이없다…
공부한다구
명절 모임두
빠졌는데…
친척들 보기 창피하구
부모님 눈치 보이구…
친구들은 다
자리잡구
잘사는데…
거스러미
뜯는 버릇 생김
틱
틱

합격만 하면
이 모든 근심걱정
다 해결되겠지.
그러니까 지금은
합격만 생각하고
조금만 더
힘내자…!
어느 부분이
함정이었을
까요?
여기서 문제

바로 '합격만 하면
전부 해결된다',
'합격하면 꽃길만 걸을 것'
같은 생각이었다.
날이면 날마다
오는게 아니야!
한 번만
잡솨봐~
무안단물에
선두를 말아서
드셔보세요!!
…같은
느낌?
왔다
만병
통치
뀨

이런 생각은 합격만 하면
'고생 끝 행복 시작'일 것이다…라는
기대로 이어지기 쉽지만

목표 자체에 너무 큰 의미를
부여해버리면 실제 가치보다
부풀려진 기대를 갖게 되고
일행 경쟁률 200:1!
아니 300:1!
공시열풍
이렇게 많은
사람들이 얻길
원하는 직업이니
당연히 좋겠지?
논리적
오류 있음
그러면 막상 목표를 손에 넣었을 때
이걸 얻으려고 노력해왔던 건가
하고 실망하게 될 수도 있다.

실제로 어렵게 들어와서 얼마 되지 않아
그만두거나, 다른 직렬 시험을 준비하거나,
그만두지는 못해도 후회하는 경우를 보게 되는데
생각했던 거랑
달라요.
이럴려고 그렇게
공부한 건가 싶어요.
어떤 일을 할지
전혀 모르고 들어
왔다는 생각이 들어요.

그간의 노력을 뒤로 할 정도로 얼마나 현실과의 괴리로 고민했을까 생각하면 부디 <수험 생활의 함정>을 조심했으면 하고 바라게 된다.
생각했던 것과는
다르구나…
당연한 거긴 한데.
질풍노도의 서기보
심란할 때는 남몰래 짐을 꾸려본다 -☆
A4
신규 임용 후의 나도 크게 다르지 않았기에

합격 이후의 삶에 대한 기대가 고된 수험 생활을 견디게 해주는 동력이 되어주긴 하지만,
어디까지나 합격은 '고생 끝, 행복 시작'이 아니라 '수험 끝, 현생 시작'임을 잊지 않는 멘탈 건강한 수험 생활 보내셨으면 합니다.
START

오늘의 이야기
신규 시절의
문화 충격
콰
르릉-
...!

모시겠습니다!
합민원
이쪽도 난리
사회복지
난 살면서 관공서 두어 번밖에 안 간 거 같은데…
이렇게 매일 관공서에 볼일 있는 분들이 많았다니
그땐 조용해 보였는데
빨리 좀 해줘요!
189
난 30분 기다렸다!
나도 바쁜 사람이야.
1. 이 인파는 무엇인가?

우리 집 하수도가 막혔는데 담당자 바꿔주세요.
쓰레기 당장 안 치워가면 니 면상에다 쏟아부어 버릴 거야.
우리 집 앞 제설이 하나도 안 되어 있어서 넘어져서 다쳤는데 누가 책임지죠?
네? 담당자…?
저한테요?
면상이요…?
있나?
지… 집앞에 쌓인 눈은 본인이 치우시는 게 원칙이온데…
2. 이런 일로도 관공서에 전화를 하는구나

3. 세상엔 무서운 사람이 참 많구나
서류 갖고 왔어요 이제 됐어요? 딴 데선 다 그냥 해주는데
지금 구청장 만나러 갈까? 엉?
거 참 까다롭게 구네~~ 안 된다는 규정 보여줘봐요!
(설탕)
꽈배기
타래과
스크류바
툭
※ 일부의 경우

4. 아무것도 모르는데 내가 담당자구나

네? 채무자 초본이요?

통합민원
(등·초본, 가족관계

아뇨, 네, 제가 담당자 맞습니다.

후덜덜

※ 방금 업무 맡음

갖고 계신 서류로 발급이 가능한지요?

아 네… 고고고공증이요… 아……(번뇌의 말줄임표)

공증이 뭐지!

확인해보고 다시 전화드리겠습니…

신규 때 입에 달고 삶

7. 공무원도 인싸여야 좋겠구나

8. 일만 열심히 한다고 다가 아니구나

넌 저기로 가렴.
옛다
묵묵..
산더미
대우
어쩐지 보이지 않는 손이
보이는 듯 한건 기분탓인가....
넵

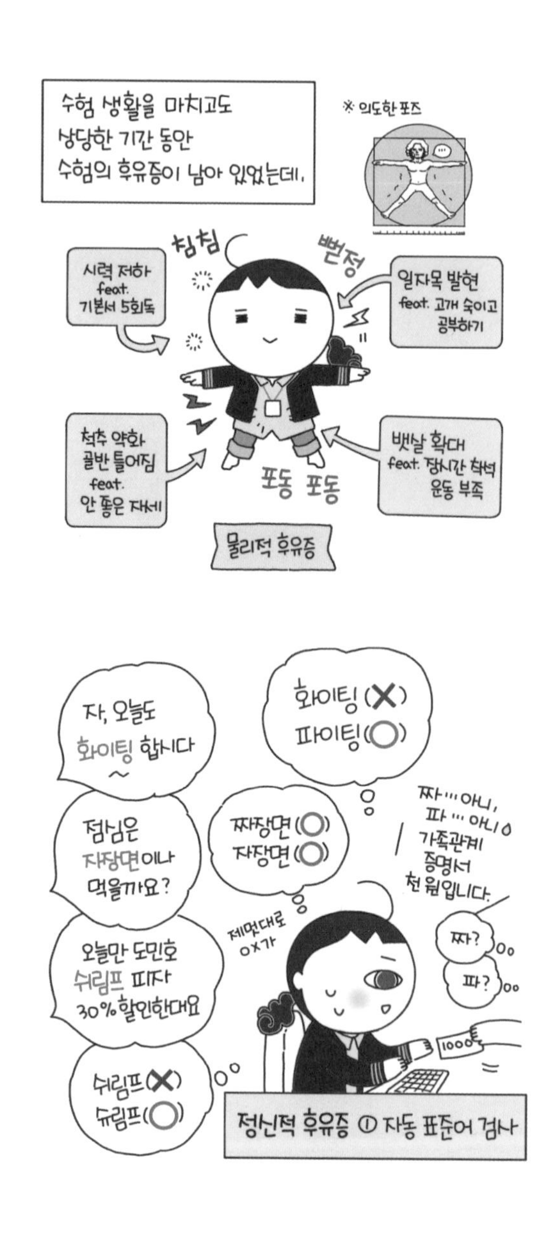
수험 생활을 마치고도
상당한 기간 동안
수험의 후유증이 남아 있었는데,
※ 의도한 포즈
침침
뻐정
시력 저하
feat.
기본서 5회독
일자목 발현
feat. 고개 숙이고
공부하기
척추 약화
골반 틀어짐
feat.
안 좋은 자세
뱃살 확대
feat. 장시간 착석
운동 부족
포동 포동
물리적 후유증
자, 오늘도
화이팅 합시다
~
화이팅(X)
파이팅(○)
점심은
자장면이나
먹을까요?
짜장면(○)
자장면(○)
짜…아니,
파…아니
가족관계
증명서
천 원입니다.
오늘만 도민호
쉬림프 피자
30% 할인한대요
제멋대로
OX가
짜?
파?
1000
쉬림프(X)
슈림프(○)
정신적 후유증 ① 자동 표준어 검사

② 온갖것에 행정학 갖다붙이기
10분 안에 전부 다듬도록! 그러면 밥을 주지
엄마… 거래적 리더십의 소유자…
그리고 과업 지향형
빈익빈 부익부, 부의 양극화 현상이 전 세계적으로 가속화되는 가운데
졸졸
조물
조물
TV
지니계수가 1에 좀더 가까워졌겠고만.

③ 온갖것에 사자성어 갖다붙이기
이런 상태를 나타내는 사자성어는 뭐다?
→ 전전반측 ※
낮에 발급한 대리인감이 신경 쓰여…
아닐 거야… 난 그분을 믿어…
찐이니까 단순한 거야…
왜 지금 이런 거 생각나는데~~~
왜 하필 서명이 그 모양 (~~~)
틱 틱
아드득
뒤척 뒤척
※ 輾轉反側 걱정 등으로 잠을 이루지 못함

④ 촌수와 호칭에 집착
상속 때문에,
아버지의 형제분들과
저랑의 관계,
그 자녀들과 저와의
관계가 나온 서류가
필요하고요….
또, 아버지의
사촌형제자매가
계신걸로 아는데,
서류상으로
확인할 수 있나요?
그 자녀들까지…
스쳐가는
국어기본서 (大)
가계도
고조할아버지
증조할아버지
할아버지
종조
(큰할아버지)
고모
아빠
백부
숙부
종숙
당숙
당고모
내종형제
나
종형제
재종
형제
종질
재종질
네네
제적등본을
떼시면
다
가능하
…
생각
나지마
ㅠㅠ
그만그만

⑤ TV 보면서 맞춤법 지적질
창밖만 봐도
가슴 설레이는
봄입니다.
또래보다
뒤쳐지기
쉽상이죠…
우뢰와 같은
박수가
터져나오며…
방송 자막도
은근히 많이 틀리는구나.
설레이는 → 설레는
우뢰 → 우레
뒤쳐지기 → 뒤처지기
쉽상 → 십상
TV
아작
아작
고개만 들어
과자 먹기 만렙

⑥각종 연도에 집착하기
한 번
연상해버리면
안 멈춰져~~
92년생이시구나…
1392 조선 건국
1492 도첩제 폐지
1592 임진왜란
1892 교조신원운동
(공주·삼례)
타닥

이같은 정신적 후유증은
1, 2년 정도 지속되다
점차 사라지는듯합니다.
인스타 게시물 중
맞춤법 틀린 것도
있음(완치의 증거)
아~
웬지
아니고
왠지 인데…
고치기 귀찮네 ㅎㅎ
안 아픈 데를 세는 게 빠름
그러나 신체적
후유증은 직장생활
합병증으로 발전
골골
골골
머리카락
눈썹
맹장
손발톱

공무원으로 일한 지 N년…

해가 갈수록 커져가는
한 가지 의문

공무원의 '그만두고 싶다'는
공감받기가 어렵다

레전드급 악성민원 + 상상 외의
통합동 민원창구 업무량 등등 으로
멘탈이 바사삭됐었던 시보해제 무렵

그 쉬운 공무원도 못하면 뭘 할 수 있겠냐.

공무원 일이 힘들면 얼마나 힘들다고?

너만 힘든 거 아니야 다들 힘든 거 참고 사는 거야.

미쳤어? 어렵게 시험 쳐서 들어갔는데!

그만두면 후회할걸!

……

그 자리 들어가려고 난리인데!!

안 잘리니까 그냥 슬슬 다니면 되지 왜 그만둠?

연금 나오잖아.

직장이 맞아서 다니는 사람이 어딨냐?

사기업에 비하면 천국이지 뭘!

……!

……!?

삐끔

삐끔

아니, 내가 제일 힘들다는 게 아니라요….

반박하고 싶은데 뭐부터 어떻게 이해시켜야 할지 모르겠음

+

안 겪어본 사람에게 말로 이해시킬 자신이 없음

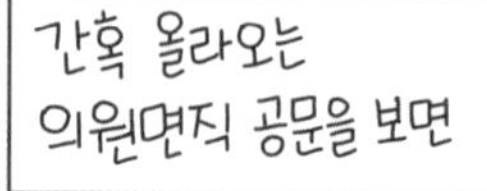

※ 의원면직 依願免職
본인의 청원으로 그 직위를 면함

여러 가지 생각이
들면서 궁금해진다…
발목을 잡는 고민들에
대한 답을 찾은 것인지

......
그런게
왜 궁금하죠

아...
아닙니다
그럴 리가요

구민을 위해
이 한 몸
바치렵니다.

머리 굳어서
시험도 못 봐~~

아직도
정신 못 차리고
관둘 궁리하고
있고만?

이젠 나가도
갈 데도 없습니다요

충성

충성

허둥
지둥

어색한
쌍따봉

Mr. 청렴
내 안의
감사담당관

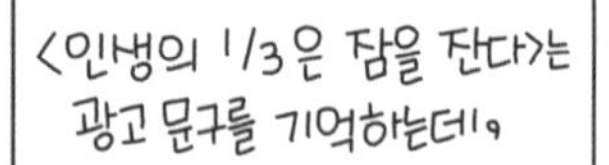
<인생의 1/3은 잠을 잔다>는
광고 문구를 기억하는데,

언제적
광고야...

직장 안 다녔으면
인생의 대부분을
잠으로 탕진했을 듯함
행복

그렇다면 인생에서
직장에서 보내는 시간이 차지하는 비중도
그 정도는 되지 않을까 싶다.
야근이라도
하면 면적이
더 넓어지고
...

누군가 <직장은 생계를 위한 곳이고,
즐거움은 직장 밖에서 찾아야 한다>고
조언해줬지만 즐거움을 완전히 포기하기엔
직장에서 보내는 시간이 너무나 길다.

그래서, 직장에서의 시간을
견디기 위한 무언가를
모두 찾고 있는 게 아닐까.

근육에 진심인
모 주임님

비록 야근의
연속이지만
근손실만은…
다크서클
악력기
단백질
Protei

공기정화식물에 진심인 모 계장님
토도독
토도독
습—하
이것이
피톤치드
…?

쫌쫌따리 이것저것
시도하던 나의 경우엔
따뜻한 커피가 먹고 싶어요 …
커피는
일하다 보면
차디차게
식기 일쑤
예쁜 소품은
몇 번 잃어버리고 포기
앗?
그 어렵다는
스투키 죽이기를
해냅니다.
미안 미안
베이킹은 좋지만
살이 찜
마들렌 한 개
=
버터! 설탕! 그 외
운동은 도저히
좋아지지 않았다.
우엑

그렇게 근근이
몇 년을 버티다가 문득
공무원
칼퇴한다고
단순 반복 업무라고
누가
그런 거야?
날 속였어…
추
욱
시대 by 시대
지역 by 지역
기관 by 기관
부서 by 부서
보직 by 보직
6 밖에서 바라본 것과
실제 일하는 건
많이 다르다는 걸
미리 알 수 있었다면
좋았을 텐데…9

“미리 조금이라도
보고 들을 기회가 있었다면
좋았을 텐데.”

힘들지만
재밌는 일도
있는데

나만 알고
끝내긴 조금
아깝다 ….

그런저런 생각으로
그리기 시작해서

느릿느릿 일상툰을
그려가고 있습니다.

부록

지방 행정직 적성 TEST
지금까지 이런 테스트는 없었다!
해당되는 것이 많을 수록 당신은 지방 행정직에 최적화된 인재!
쑥갓 축제
목장갑과 지역 축제 티셔츠가
찰떡 같이 어울리는 바로 당신!!

점심 메뉴 정하는 중
……있잖아
공무원들 생선 먹으면 안 되는 거 알지?
어머, 왜요?
기사났어요? 생선구이집 갈까 했는데!
뭐가 입법됐나…? 물량이 부족한가…?
팀장님
서무 주임님

아재개그에 리액션 잘할수 있다. ☐

트로트를 좋아한다 (애창곡 있으면 금상첨화)

떡 좋아한다 (시보떡, 전출방문떡, 경조사답례 등…)

틀린 그림찾기 자신 있다. 본인 확인은 민원 업무의 기본.

뭐든 사진부터 찍는 습관이 있다. ※특히 서무 (사진 첨부해서 보고하는 업무가 많다.)

산에서 족발·막걸리 먹는 거 좋아한다. 전통이적인 체련대회코스

사람 얼굴 잘 기억한다. 기억해야 할 각종 단체 분들, 내부 직원 분들이 아주 많다.

독학 잘함 (업무 인수인계가 부실하고 거의 혼자 익혀야 함) □

올해도 다시
돌아와—♪
저기, J야…

뭐 하니 쌍인다.
아직 감성이 살아 있구나…
앗! 넵!!
드륵 드륵
달달 달달 달달

화이트 크리스마스를 좋아한다. ☐

※간 肝
※쓸개(담낭)
※배알(창자)
=밸
예문) 넌 밸도 없니?

영혼

잠시만 내려놓고
다녀오겠습니다!
또 한 주 파이팅.

오늘도 무사히
수고하셨습니다.
내일 뵈어요-

하루도
쉬운 날이 없어

초판 1쇄 발행일 2022년 8월 25일
초판 2쇄 발행일 2022년 9월 5일

지은이 소시민J
펴낸이 유성권

편집장 양선우
책임편집 윤경선 편집 신혜진 임용옥 박채원
해외저작권 정지현 디자인 박정실
마케팅 김선우 강성 최성환 박혜민 김단희
제작 장재균 물류 김성훈 강동훈

펴낸곳 ㈜이퍼블릭
출판등록 1970년 7월 28일, 제1-170호
주소 서울시 양천구 목동서로 211 범문빌딩 (07995)
대표전화 02-2653-5131 | 팩스 02-2653-2455
메일 loginbook@epublic.co.kr
포스트 post.naver.com/epubliclogin
홈페이지 www.loginbook.com

로그인 은 (주)이퍼블릭의 어학 · 자녀교육 · 실용 브랜드입니다.